U0055730

風雲時代 風雲時代 風雲時代 風雲時代 風雲時代 風雲時代 風雲
雲時代 風雲時代 風雲時代 風雲時代 風雲時代 風雲時代 風雲時代
風雲時代 風雲時代 風雲時代 風雲時代 風雲時代 風雲時代 風雲
雲時代 風雲時代 風雲時代 風雲時代 風雲時代 風雲時代 風雲時代
風雲時代 風雲時代 風雲時代 風雲時代 風雲時代 風雲時代 風雲
雲時代 風雲時代 風雲時代 風雲時代 風雲時代 風雲時代 風雲時代
風雲時代 風雲時代 風雲時代 風雲時代 風雲時代 風雲時代 風雲
雲時代 風雲時代 風雲時代 風雲時代 風雲時代 風雲時代 風雲時代
風雲時代 風雲時代 風雲時代 風雲時代 風雲時代 風雲時代 風雲
雲時代 風雲時代 風雲時代 風雲時代 風雲時代 風雲時代 風雲時代
風雲時代 風雲時代 風雲時代 風雲時代 風雲時代 風雲時代 風雲
雲時代 風雲時代 風雲時代 風雲時代 風雲時代 風雲時代 風雲時代
風雲時代 風雲時代 風雲時代 風雲時代 風雲時代 風雲時代 風雲
雲時代 風雲時代 風雲時代 風雲時代 風雲時代 風雲時代 風雲時代
風雲時代 風雲時代 風雲時代 風雲時代 風雲時代 風雲時代 風雲
雲時代 風雲時代 風雲時代 風雲時代 風雲時代 風雲時代 風雲時代
風雲時代 風雲時代 風雲時代 風雲時代 風雲時代 風雲時代 風雲
雲時代 風雲時代 風雲時代 風雲時代 風雲時代 風雲時代 風雲時代
風雲時代 風雲時代 風雲時代 風雲時代 風雲時代 風雲時代 風雲
雲時代 風雲時代 風雲時代 風雲時代 風雲時代 風雲時代 風雲時代
風雲時代 風雲時代 風雲時代 風雲時代 風雲時代 風雲時代 風雲
雲時代 風雲時代 風雲時代 風雲時代 風雲時代 風雲時代 風雲時代
風雲時代 風雲時代 風雲時代 風雲時代 風雲時代 風雲時代 風雲
雲時代 風雲時代 風雲時代 風雲時代 風雲時代 風雲時代 風雲時代
風雲時代 風雲時代 風雲時代 風雲時代 風雲時代 風雲時代 風雲
雲時代 風雲時代 風雲時代 風雲時代 風雲時代 風雲時代 風雲時代
風雲時代 風雲時代 風雲時代 風雲時代 風雲時代 風雲時代 風雲
雲時代 風雲時代 風雲時代 風雲時代 風雲時代 風雲時代 風雲時代
風雲時代 風雲時代 風雲時代 風雲時代 風雲時代 風雲時代 風雲
雲時代 風雲時代 風雲時代 風雲時代 風雲時代 風雲時代 風雲時代
風雲時代 風雲時代 風雲時代 風雲時代 風雲時代 風雲時代 風雲
雲時代 風雲時代 風雲時代 風雲時代 風雲時代 風雲時代 風雲時代
風雲時代 風雲時代 風雲時代 風雲時代 風雲時代 風雲時代 風雲
雲時代 風雲時代 風雲時代 風雲時代 風雲時代 風雲時代 風雲時代
風雲時代 風雲時代 風雲時代 風雲時代 風雲時代 風雲時代 風雲
雲時代 風雲時代 風雲時代 風雲時代 風雲時代 風雲時代 風雲時代
風雲時代 風雲時代 風雲時代 風雲時代 風雲時代 風雲時代 風雲
雲時代 風雲時代 風雲時代 風雲時代 風雲時代 風雲時代 風雲時代
風雲時代 風雲時代 風雲時代 風雲時代 風雲時代 風雲時代 風雲
雲時代 風雲時代 風雲時代 風雲時代 風雲時代 風雲時代 風雲時代
風雲時代 風雲時代 風雲時代 風雲時代 風雲時代 風雲時代 風雲
雲時代 風雲時代 風雲時代 風雲時代 風雲時代 風雲時代 風雲時代
風雲時代 風雲時代 風雲時代 風雲時代 風雲時代 風雲時代 風雲

周作人

經典新版

苦口甘口

周作人——著

總序

文學星座中，璀璨不亞於魯迅的周作人

朱墨菲

每個時代都會有特別具有代表性、令人們特別懷想的人物，在新文學領域，周作人無疑就是其中一個。身為大文豪魯迅之弟，兩兄弟在文壇可說是各領風騷，各自綻放著不同的光芒。

作為五四新文化運動的一員，周作人在中國文學上的影響力絕對具有舉足輕重的地位，時值新舊文化交替之際，面對西方思潮的來襲，多數讀書人或抱殘守缺，或媚外崇洋，在劇烈的文化衝擊中，許多受過西方教育的學子如胡適、錢玄同、蔡元培、林語堂等，紛紛投入這股新文化浪潮中。

周作人脫穎而出，被譽為是「五四」以降最負盛名的散文及文學翻譯家，他以「對性靈的表達乃為言志」的理念，創造了獨樹一格的寫作風格，充滿靈性，看似平凡卻處處透著玄妙的人生韻味，清新的文風立即風靡一時，更迅速形成一大流派「言志派」，在中國文學史上留下了不可抹滅的一筆。郁達夫曾說：「中國現代散文的成績，以魯迅、周作人兩人的為最豐富最偉大，我平時的偏嗜，亦以此二人的散文為最所溺愛。一經開選，如竊賊入了阿拉伯的寶庫，東張西望，簡直迷了我取去的判斷。」陳之藩是散文大師，他特地強調胡適晚年不止一次跟他說：「到現在值得一看的，只有周作人的東西了。」可見周作人散文之優美意境。

處在動盪年代的周作人，亦可說是時代的見證人，年少時赴日求學，精通日語，讓他對日本文化有深刻的觀察，而後又親身經歷了中國近代史上諸多重要歷史事件，如鑑湖女俠秋瑾、徐錫麟等的革命活動、辛亥革命、張勳復辟等，他一生的形跡記錄即是重要史料，從他的《知堂回想錄》書中即可探知一二。而他晚年撰寫的《魯迅的故家》、《魯迅的青年時代》等回憶文章，更為研究魯迅的讀者提供了許多寶貴的第一手資料。

對世人來說，周作人也許不是個討喜的人，因為他從來都不是隨俗附和的人，他只說自己想說的話，一生奉行的就是孔子所強調的「知之為知之，不知為不知，是知也」的理念，這使他的文章中充滿了濃濃的自由主義，並形成他日後以「人的文學」為概念，跳脫傳統窠臼，更自號「知堂」之故。在《知堂回想錄》的後序中，周作人自陳：「我是一個庸人，就是極普通的中國人，並不是什麼文人學士，只因偶然的關係，活得長了，見聞也就多了些，譬如一個旅人，走了許多路程，經歷可以談談，有人說『講你的故事罷』，也就講些，也都是平凡的事情和道理。」

也許，在諸多文豪的光環下，在世人傳說的紛擾下，他的文學地位一度有明珠蒙塵之虞，本社因而在他去世五十年之際，特將他的文集重新整理出版，包括他最知名的回憶錄《知堂回想錄》以及散文集《自己的園地》、《雨天的書》、《談龍集》、《談虎集》、《看雲集》、《苦茶隨筆》等，使讀者從他的著作中可以更加了解一代文學巨匠的內心世界，品味他的文字之美。

苦口甘口

目錄

第二分　遐思拾采

第三分　荒野拾情

苦口甘口

目錄——

自序

今年夏天特別酷熱，無事可做，取舊稿整理，皆是近一年中所寫，共有二十一篇，約八萬餘字，可以成一冊書，遂編為一集，即名之曰「苦口甘口」。

重閱一過之後，照例是不滿意，如數年前所說過的話，又是寫了些無用也無味的正經話。難道我的儒家氣真是這樣的深重而難以湔除麼。

我想起顧亭林致黃梨洲的書中有云：

「炎武自中年以前，不過從諸文士之後，注蟲魚，吟風月而已，積以歲月，窮探古今，然後知後海先河，為山覆蕢，而於聖賢六經之旨，國家治亂之原，生民根本之計，漸有所窺。」案此書《亭林文集》未載，見於梨洲《思舊錄》中，時在清康熙丙辰，為讀《明夷待訪錄》後之復書，亭林年已六十四，梨洲則六十七矣。

黃顧二君的學識我們何敢妄攀，但是在大處態度有相同者，亦可無庸掩藏。鄙人本非文士，與文壇中人全屬隔教，平常所欲窺知者，乃在於國家治亂之原，生民根本之計，但所取材亦並不廢蟲魚風月，則或由於時代之異也。

此種傾向之思想大抵可歸於唯理派，雖合理而難得勢，平時已然，何況如日本俗語所云，無理通行，則道理縮入，這一類的文章出來，結果是毫無用處，其實這還是最好的，如前年寫了一篇關於中國思想問題文章，曾被人評為反動，則又大有禍從口出之懼矣。

我於文集自序中屢次表示過同樣的意見，對於在自己文章中所有道德的或是政治的意義很是不滿，可是說過了也仍不能改，這回還是如此。近時寫《我的雜學》，因為覺得寫不好，草率了事，卻已有二十節，寫了之後乃益瞭解，自己歷來所寫的文章裡面所有的就只是這一點東西，假如把這些思想抽了去，剩下的便只有空虛的文字與詞句，毫無價值了。

我一直不相信自己能寫好文章，如或偶有可取，那麼所可取者也當在於思想而不是文章。總之我是不會做所謂純文學的，我寫文章總是有所為，於是不免於積極，這個毛病大約有點近於吸大煙的癮，雖力想戒除而甚不容易，但想戒的心也常是存在的。

去年九月以後我動手翻譯日本阪本文泉子的《如夢記》，每月譯一章，現在已經完畢，這是近來的一件快意的事。我還有《希臘神話》的注釋未曾寫了，這個工作也是極重大的，這五六年來時時想到，趕做注釋，難道不比亂寫無用無味的文章更有價值麼？我很怕被人家稱為文人，近來更甚，所以很想說明自己不是寫文章而是講道理的人，希望可以倖免，但是昔者管寧謂邴原曰，潛龍以不見成德，言非其時，皆取禍之道，則亦不甚妥當。

天下多好思想好文章，何必盡由己出，鳩摩羅什不自著論，而一部《大智度論》，不特譯時想見躊躇滿志，即在後世讀者亦已可充分瞭解什師之偉大矣。假如可以被免許文人歇業，有如吾鄉墮貧之得解放，雖執鞭吾亦為之，只是目下尚無切實的著落處，故未能確說，若欣求脫離之心則極堅固，如是譯者可不以文人論，則固願立刻蓋下手印，即日轉業者也。

民國甲申，七月廿日，知堂記於北京。

第一分　雜學拾穗

苦口甘口

平常接到未知的青年友人的來信，說自己愛好文學，想從這方面努力做下去，我看了當然也喜歡，但是要寫回信卻覺得頗難下筆，只好暫時放下，這一擱就會再也找不出來，終於失禮了。

為什麼呢？這正合於一句普通的成語，叫做「一言難盡」。對於青年之弄文學，假如我是反對的，或者完全贊成的，那麼回信就不難寫，只須簡單的一兩句話就夠了。但是我自己是曾經弄過一時文學的，怎麼能反對人家，若是贊成卻又不盡然，至少也總是很有條件的，說來話長，不能反覆的寫了一一寄去。

可是老不回覆人家也不是辦法，雖然因年歲經驗的差異，所說的話在青年聽了多是落伍的舊話，在我總是誠意的，說了也已盡了誠意，總勝於不說，聽不聽別無關係，那是另一問題。現今在這裡總答幾句，希望對於列位或能少供參考之用。

第一件想說的是，不可以文學作職業。本來在中國夠得上說職業的，只是農工商這幾行，士雖然位居四民之首，為學乃是他的事業，其職業卻仍舊別有所在，達則為官，現在也還稱公僕，窮則還是躬耕，或隱於市井，織屨賣藝，非工則商耳。若是想以學問文章謀生，唯有給大官富賈去做門客，呼來喝去，與奴僕相去無幾，不唯辱甚，生活亦不安定也。

我還記得三十五六年前，大家在東京從章太炎先生聽講小學，章先生常教訓學生們說，將來切不可以所學為謀生之具，學者必須別有職業，藉以糊口，學問事業乃能獨立，不至因外界的影響而動搖以至墮落。章先生自己是懂得醫道的，所以他的意思以為學者最好也是看點醫書，將來便以中醫為職業，不但與治學不相妨，而且讀書人去學習也很便利容易。

章先生的教訓我覺得很對，雖然現今在大學教書已經成了一種職業，教學相長，也即是做著自己的事業，與民國以前的情形很有不同了，但是這在文學上卻正可應用，所以引用在這裡。中國出版不發達，沒有作家能夠靠稿費維持生活，文學職業就壓根兒沒有，此其一。即使可以有此職業了，而作家須聽出版界的需要，出版界又要看社會的要求，新舊左右，如貓眼睛的轉變，亦實將疲於奔命，此其二。因此之故，中國現在有志於文學的最好還是先取票友的態度，為了興趣而下手，仍當十分的用心用力，但是決心不要下海，要知正式唱戲不是好玩的事也。

第二，弄文學也並不難，卻也很不容易。古人說寫文章的秘訣，是多讀多作。現在即使說是新文學了，反正道理還是一樣。要成為一個文學家，自然要先有文學而後乃成家，決不會有不寫文學而可稱文學家的，這是一定的事，所以要弄文學的人要緊的是學寫文學作品，多讀多作，此外並無別的方法。

簡單的一句話，文學家也是實力要緊，虛聲是沒有用的。我們舉過去的例來說，民六以後新文學運動哄動了一時，胡陳魯劉諸公那時都是無名之士，只是埋頭工作，也不求名聲，也不管利害，每月發表力作的文章，結果有了一點成績，後來批評家稱之為如何運動，這在他們當初是未曾預想到的。

這時代是早已過去了，這種風氣或者也已改變，但是總值得稱述的，總可以當作文人作家練成之一模範。這有如一隊兵卒，在同一目的下人自為戰，經了好些苦鬥，達成目的之後，肩了步槍回來，衣履破碎，依然是個兵卒，並不是千把總，卻是經過戰鬥，練成老兵了，隨時能跳起來上前線去。

這個比喻不算很好，但意思是正對的，總之文學家所要的是先造成個人，能寫作有思想的文人，別的一切都在其次。可是話又說了回來，多讀多作未必一定成功，這還得嘗試了來看。學畫可以有課程，學滿三四年之後便畢業了，即使不能算名畫家，也總是畫家之一，學書便不能如此，學文學也正是一樣，不能說何時可以學會，也許半年，也許三年，也許終於不成。這一點要請弄文學的人預先瞭解，反正是票友，試試來看，唱得好固可喜，不好也就罷了，對於自己看得清，放得下，乃是必要也。

第三，須略瞭解中國文學的傳統。無論現在文學新到那裡去，總之還是用漢字寫的，就這一點便逃不出傳統的圈子。中國人的人生觀也還以儒家思想為主流，立起一條為人生的文學的統系，其間隨時加上些道家思想的分子，正好作為補偏救弊之用，使得調和漸近自然。因此中國文學的道德氣是正當不過的，問題只是在於這道德觀念的變遷，由人為的階級的而進於自然的相互的關係，儒道思想之切磋與近代學術之發達都是同樣的有力。

別國的未必不也是如此，現在只就中國文學來說，這裡邊思想的分子很是重要，文學裡的東西不外物理人情，假如不是在這裡有點理解，下餘的只是辭句，雖是寫的華美，有如一套繡花枕頭，外面好看而已。

在反對的一方面，還有外國的文藝思想，也要知道大概才好。外國的物事固然不是全好的，例如有人學頹廢派，寫幾句象徵派的情詩，自然也可笑，但是有些傑作本是世界的公物，各人有權利去共用，也有義務去共學的，這在文明國家便應當都有翻譯介紹，與本國的古典著作一同供國民的利用。

在中國卻是還未辦到，要學人自己費力去張羅，未免辛苦，不過這辛苦也是值得，雖然書中未必有顏如玉的美人，精神食糧總可得到不少，這於弄文學的人是比女人與酒更會有益的。前一代的老輩假如偷看了外國書來講新文學，卻不肯譯出給大家看，固然是自私的很，但是現今青年講更新的文學，卻只拿幾本漢文的書來看，則不是自私而是自誤了。

末了再附贅兩句老婆心的廢話，要讀外國文學須看標準名作，不可好奇立異，自找新著，反而上當，因為外國文學作品的好醜我們不能懂得，正如我們的文學也還是自己知道得清楚，外國文人如羅曼羅蘭亦未必能下判斷也。

以上所說的話未免太冷一點，對於熱心的青年恐怕逆耳，不甚相宜亦未可知。但是這在我是沒法子的事，因為我雖不能反對青年的弄文學，贊成也是附有條件的，上邊說的便是條件之一部分。假如雅片煙可以寓禁於征，那麼我的意思或者可以說是寓反對於條件罷。因為青年熱心於文學，而我想勸止至少也是限制他們，這些話當然是不大咽得下去的，題目稱曰苦口，即是這個意義。至於甘口，那恐怕只是題目上的配搭，本文中還未曾說到。

據桂氏《說文解字義證》卷三十，鼷字下所引云：「《玉篇》，鼷，小鼠也，螫毒，食人及鳥獸皆不痛，今之甘口鼠也。《博物志》，鼷，鼠之最小者，或謂之甘鼠，謂其口甘，為其所食者不知覺也。」日本《和漢三才圖會》卷三十九引《本草綱目》鼷鼠條，亦如此說，和名阿末久知禰須美，漢字為甘口鼠，與中國相同。所謂甘口的典故即出於此。這在字面上正好與苦口作一對，但在事實上我只說了苦口便罷，甘口還是「恕不」了吧。

或者怕得青年們的不高興，在要收場的時候再說幾句，——話雖如此，世間有《文壇登龍術》一書，可以參考，便講授幾條江湖訣，這也不是難事，不過那就是咬人不痛的把戲，何苦來呢。題目寫作苦口甘口，而本文中只有苦口，甘口則單是提示出來，叫列位自己注意謹防，此乃是新式作文法之一，為鄙人所發明，近幾年中只曾經用過兩次者也。

民國癸未二百十日，寫於陰雨中。

夢想之一

鄙人平常寫些小文章，有朋友辦刊物的時候也就常被叫去幫忙，這本來是應該出力的。可是寫文章這件事正如俗語所說是難似易的，寫得出來固然是容容易易，寫不出時卻實在也是煩煩難難。《笑倒》中有一篇笑話云：

「一士人赴試作文，艱於構思。其僕往候於試門，見納卷而出者紛紛矣，日且暮，甲僕問乙僕曰，不知作文章一篇約有多少字。乙僕曰，想來不過五六百字。甲僕曰，五六百字難道胸中沒有，到此時尚未出來。乙僕慰之曰，你勿心焦，渠五六百字雖在肚裡，只是一時湊不起耳。」

這裡所說的湊不起實在也不一定是笑話，文字湊不起是其一，意思湊不起是其二。其一對於士人很是一種挖苦，若是其二則普通常常有之，我自己也屢次感到，有交不出卷子之苦。

這裡又可以分作兩種情形，甲是所寫的文章裡的意思本身安排不好，乙是有著種種的意思，而所寫的文章有一種物件或性質上的限制，不能安排的恰好。有如我平時隨意寫作，並無一定的物件，只是用心把我想說的意思寫成文字，意思是誠實的，文字也還通達，在我這邊的事就算完了，看的是些男女老幼，或是看了喜歡不喜歡，我都可以不管。

若是預定要給老年或是女人看的，那麼這就沒有這樣簡單，至少是有了物件的限制，我們總不能說的太是文不對題，雖然也不必要揣摩討好，卻是不能沒有什麼顧忌。我常想要修小乘的阿羅漢果並不大難，難的是學大乘菩薩，不但是誓願眾生無邊度，便是應以長者居士長官婆羅門婦女身得度者即現婦女身而為說法這一節，也就過不能及，只好心嚮往之而已。

這回寫文章便深感到這種困難，躊躇好久，覺得不能再拖延了，才勉強湊合從平時想過的意思中間挑了一個，略為敷陳，聊以塞責，其不會寫得好那是當然的了。

在不久以前曾寫小文，說起現代中國心理建設很是切要，這有兩個要點，一是倫理之自然化，一是道義之事功化。現在這裡所想說明幾句的就是這第一點。我在《螟蛉與螢火》一文中說過：

「中國人拙於觀察自然，往往喜歡去把他和人事連接在一起。最顯著的例，第一是儒教化，如烏反哺，羔羊跪乳，或梟食母，都一一加以倫理的附會。第二是道教化，如桑蟲化為果蠃，腐草化為螢，這恰似仙人變形，與六道輪迴又自不同。」

說起來真是奇怪，中國人似乎對於自然沒有什麼興趣，近日聽幾位有經驗的中學國文教員說，青年學生對於這類教材不感趣味，這無疑的是的確的事實，雖然不能明白其原因何在。我個人卻很看重所謂自然研究，覺得不但這本身的事情很有意思，而且動植物的生活狀態也就是人生的基本，關於這方面有了充分的常識，則對於人生的意義與其途徑自能更明確的瞭解認識。

平常我很不滿意於從來的學者與思想家，因為他們於此太是怠惰了，若是現代人尤其是青年，當然責望要更為深切一點。我只看見孫仲容先生，在《籀廎述林》的一篇《與友人論動物學書》中，有好些很是明達的話，如云：

「動物之學為博物之一科，中國古無傳書。《爾雅》蟲魚鳥獸畜五篇唯釋名物，罕詳體性。《毛詩》《陸疏》旨在詁經，遺略實眾。陸佃鄭樵之倫，摭拾浮淺，同諸自鄶。……至古鳥獸蟲魚種類今既多絕滅，古籍所紀尤疏略，非徒《山海經》《周書‧王會》所說珍禽異獸荒遠難信，即《爾雅》所云比肩民比翼鳥之等咸不為典要，而《詩》《禮》所云螟蛉果蠃，腐草為螢，以逮鷹鳩爵蛤之變化，稽核物性亦殊為疏闊。……今動物學書說諸蟲獸，有足者無多少皆以偶數，絕無三足者，《爾雅》有鱉三足能，龜三足賁，殆皆傳之失實矣。……中土所傳云龍鳳虎休徵瑞應，則揆之科學萬不能通，今日物理既大明，固不必曲徇古人耳。」

這裡假如當作現代的常識看去，那原是極普通的當然的話，但孫先生如健在該是九十七歲了，卻能如此說，正是極可佩服的事。

現今已是民國甲申，民國的青年比孫先生至少要更年輕六十年以上，大部分也都經過高小初中出來，希望關於博物或生物也有他那樣的知識，完全理解上邊所引的話，那麼這便已有了五分光，因為既不相信腐草為螢那一類疏闊的傳說，也就同樣的可以明瞭，羔羊非跪下不能飲乳（羊是否以跪為敬，自是別一問題），烏鴉無家庭，無從反哺，凡自然界之教訓化的故事其原意雖亦可體諒，但其並非事實也明白的可以知道了。我說五分光，因為還有五分，這便是反面的一節，即是上文所提的倫理之自然化也。

我很喜歡《孟子》裡的一句話，即是，人之所以異於禽獸者幾希。這一句話向來也為道學家們所傳道，可是解說截不相同。他們以為人禽之辨只在一點兒上，但是二者之間距離極遠，人若逾此一線墮入禽界，有如從三十三天落到十八層地獄，這遠才真叫得是遠。我也承認人禽之辨只在一點兒上，不過二者之間距離卻很近，彷彿是窗戶裡外只隔著一張紙，實在乃是近似遠也。

我最喜歡焦理堂先生的一節，屢經引用，其文云：

「先君子嘗曰，人生不過飲食男女，非飲食無以生，非男女無以生生。唯我欲生，人亦欲生，我欲生生，人亦欲生生，孟子好貨好色之說盡之矣。不必屏去我之所生，我之所生生，但不可忘人之所生，人之所生生。循學《易》三十年，乃知先人此言聖人不易。」

我曾加以說明云：

「飲食以求個體之生存，男女以求種族之生存，這本是一切生物的本能，進化論者所謂求生意志，人也是生物，所以這本能自然也是有的。不過一般生物的求生是單純的，只要能生存便不顧手段，只要自己能生存，便不惜危害別個的生存，人則不然，他與生物同樣的要求生存，但最初覺得單獨不能達到目的，須與別個聯絡，互相扶助，才能好好的生存，隨後又感到別人也與自己同樣的有好惡，設法圓滿的相處。前者是生存的方法，動物中也有能夠做到的，後者乃是人所獨有的生存的道德，古人云人之所以異於禽獸者幾希，蓋即此也。」

這人類的生存的道德之基本在中國即謂之仁，己之外有人，己亦在人中，儒與墨的思想差不多就包含在這裡，平易健全，為其最大特色，雖云人類所獨有，而實未嘗與生物的意志斷離，卻正是其崇高的生長，有如荷花從蓮根出，透過水面的一線，開出美麗的花，古人稱其出淤泥而不染，殆是最好的讚語也。

人類的生存的道德既然本是生物本能的崇高化或美化，我們當然不能再退縮回去，復歸於禽道，但是同樣的我們也須留意，不可太爬高走遠，以至與自然違反。古人雖然直覺的建立了這些健全的生存的道德，但因當時社會與時代的限制，後人的誤解與利用種種原因，無意或有意的發生變化，與現代多有齟齬的地方，這樣便會對於社會不但無益且將有害。比較籠統的說一句，大概其緣因出於與自然多有違反之故。人類擯絕強食弱肉，雌雄雜居之類的禽道，固是絕好的事，但以前憑了君父之名也做出好些壞事，如宗教戰爭，思想文字獄，人身賣買，宰白鴨與賣淫等，也都是生物界所未有的，可以說是落到禽道以下去了。

我們沒有力量來改正道德，可是不可沒有正當的認識與判斷，我們應當根據了生物學人類學與文化史的知識，對於這類事情隨時加以檢討，務要使得我們道德的理論與實際都保持水線上的位置，既不可不及，也不可過而反於自然，以致再落到淤泥下去。

這種運動不是短時期與少數人可以做得成的，何況現在又在亂世，但是俗語說得好，人落在水裡的時候第一是救出自己要緊，現在的中國人特別是青年最要緊的也是第一救出自己來，得救的人多起來了，隨後就有救別人的可能。這是我現今僅存的一點夢想，至今還亂寫文章，也即是為此夢想所眩惑也。

民國甲申立春節。

文藝復興之夢

文藝復興是一件好事情。近來時常有人提起中國的文藝復興，我們聽了自然是無不喜歡的，但是這到底是怎麼一回事，卻又一時說不清楚，大概各人心裡只有一個漠然的希望，但願中國的文藝能夠復興而已。不過文藝復興是一句成語，我們說到他便自然有些聯想，雖然不免近於迂闊，這裡且來簡單的考慮一下。

文藝復興的出典，可以不必多說，這是出於歐洲的中古時代。籠統點說來，大抵可以算作十四世紀中至十六世紀末，在中國歷史上或者可云始於馬可波羅之西返，訖於利瑪竇之東來罷。這時候歐洲各民族正在各自發展，實力逐漸充實，外面受了古典文化的影響，遂勃然興起，在學術文藝各方面都有進展，此以歐洲的整個文化言故謂之「再生」，若在各民族實乃是一種新生也。

中國沿用日本的新名詞，稱這時期為文藝復興，其實在文學藝術之外還有許多別的成就，所以這同時也是學問振興，也是宗教改革的時代。內在的精力與外來的影響都是整個的，所以其結果也是平勻發展，不會枝枝節節偏於局部的。

我們一時來不及嚴密的去查書本，只就平常顯著在人耳目間的姓氏來說，有如美術方面的達文西，密凱蘭及羅，文學方面的但丁，薄伽喬，拉勃來，西萬提司，沙士比亞，思想方面的厄拉思穆斯，培根，蒙田，宗教方面的路德，各方面都有人，而且又是巨人，都有不朽的業績。

以後各時代的學問藝術也均自有其特色，但是在人與事業的重與大與深與厚上面，是再也沒有可以和這相比的了。這樣的一種整個的復興的確值得景仰與羨慕，希望自己的國裡也有這麼一回幸運的事，即使顯然有點近於夢想，我也總是舉起兩手贊成，而且衷心願望的。

關於歐洲的文藝復興還有可以注意的一點，便是他的內外兩重的原因。內的是民族自有的力量，在封建制度與舊教的統治下自然養成一種文化上的傳統，這裡固然有好的一部分，後來就成為國民精神的基本，卻也有壞的一部分，逐漸在釀成自然的反動。

外不必說那是外來的影響，這引動內面的力量，使之發生動作，因其力之大小而得成就，如佛經所云，隨其福行，各得道跡，我們讀史於此可以獲得很大的教訓。

西羅馬亡後，歐洲各民族開始建國，自立基礎，及東羅馬亡，學者多亡命歐陸，希臘羅馬的古典文化亦隨以流入，造成人文主義的思潮，在歷史上的結果便是那偉大的文藝復興。

當時義大利因承受羅馬的傳統，其發動為最早，若是影響西歐全部，成為顯明的文化運動，那已在君士但丁堡陷落之後，蓋在十五世紀中葉矣。各民族的精力為所固有，唯思想上所有者，在封建制度則為君，在舊教則為神耳，得古希臘人之人間本位思想而發生變化，近代文明也可以說由此發軔。

希臘羅馬的文化已古老矣，唯其法力卻仍復極大，當時古典之研究與傳播雖或似有閒的工作，而其影響效力乃有如此者，此看似奇怪，實在則亦並不奇也。古典文書之流通最初只是傳抄，及古登堡造活字板，傳播更為容易，中國在這裡也總算略有資助，雖然出於間接，總之是有了關係，及利瑪竇南懷仁輩東來，也帶來了好些還禮，凡中國最早所接受到的泰西文物，無論是形而上下，那時從義大利日爾曼拿來的東西，殆無一不是文藝復興之所賜也。

以上所說，並不曾考查文書，只憑記得的事情胡亂談一起，謬誤恐所不免，但大抵也就是那麼情形罷。

我們再回過來看本國的文藝復興問題，是怎麼樣呢？古今中外的情形不同，我們固然也不好太拘執的來比較，不過大體上說總是可以的，譬如說，文藝復興應是整個而不是局部的。照這樣看去，日本的明治時代可以夠得上這樣說，雖然當時並未標榜文藝復興的名稱，只把他作為維新運動之文化方面的成就而已。

這個看法實在是很對的，因為明治文學的發達並不是單獨的一件事，那時候在藝術，文史，理論的與應用的科學，以至法政軍事各方面，同樣的有極大的進展，事實與理論正是相合。中國近年的新文化運動可以說是有了做起講之意，卻是不曾做得完篇，其原因便是這運動偏於局部，只有若干文人出來嚷嚷，別的各方面沒有什麼動靜，完全是孤立偏枯的狀態，即使不轉入政治或社會運動方面去，也是難得希望充分發達成功的。

後來的事情怎麼樣？這恐怕是一代不如一代，中日事變前十年間的成績大家多還記得，可以不必贅說。中國現在正是受難時期，古人云多難興邦，大家的確不可沒有這樣一個大誓願，在自定的範圍內盡年壽為國家盡力，但這只是盡其在我，要想大事成就還須得有各方面的合作，若是偏信自己的事業與力量最勝，可以集事，此種大志固亦可嘉，唯在事實上卻總是徒然也。

根據歐洲中世紀的前例，在固有的政教的傳統上，加上外來的文化的影響，發生變化，結果成為文藝復興這段光榮的歷史。中國如有文藝復興發生，原因大概也應當如此。

不過這裡有一件很不相同的事，歐洲那時外來的影響是希臘羅馬的古典文化，古時雖是某一民族的產物，其時卻早已過去，現今成為國際公產，換句話說便是沒有國旗在背後的，而在現代中國則此影響悉來自強鄰列國，雖然文化侵略未必盡真，總之此種文化帶有國旗的影子，乃是事實。接受這些影響，要能消化吸收，又不留有反應與副作用，這比接受古典文化其事更難，此其一。

希臘思想以人間本位為主，雖學術藝文方面雜多，而根本則無殊異，以此與中古為君為神的思想相對，予以調劑，可以得到好結果，現代則在外國也是混亂時期，思想複雜，各走極端，欲加採擇，苦於無所適從，此其二。

民初新文化運動中間，曾揭出民主與科學兩大目標，但不久輾轉變化，即當初發言人亦改口矣，此可為一例。國民傳統率以性情為本，力至強大，中國科舉制度與歐洲文藝復興同時開始，於今已有五百餘年，以八股式的文章為手段，以做官為目的，奕世相承，由來久矣。用了這種熟練的技巧，應付新來的事物，亦復綽有餘裕，於是所謂洋八股者立即發生，即有極好的新思想，也遂由甜俗而終於腐化，此又一厄也。

拉雜說到這裡，似乎都是些消極話，卻並非作者本意，這原來有如治病，說體質何處虧損，病證如何情形，明白之後才能下藥，現在也就是這個意思，如或病重藥輕，能否立見功效，那自然又是別一回事，不能併作一談者也。

我們希望中國文藝復興是整個的，就是在學術文藝各方面都有發展，成為一個分工合作，殊途同歸的大運動。弄文筆的自然只能在文藝方面盡力，但假如別的方面全然沉寂，則勢孤力薄，也難以存立。文人固然不能去奔走呼號，求各方的興起援助，亦不可以孤獨自餒，但須得有此覺悟，我輩之力盡於此，成固可喜，敗亦無悔，唯總不可以為文藝復興只是幾篇詩文的事，旦夕可成名耳。

本國固有的傳統固不易於變動，但顯明的缺點亦不可不力求克服，如八股式文的作法與應舉的心理，在文人胸中尤多存留的可能，此所應注意者一。對於外國文化的影響，應溯流尋源，不僅以現代為足，直尋求其古典的根源而接受之，又不僅以一國為足，多學習數種外國語，適宜的加以採擇，務深務廣，依存之弊自可去矣，此所應注意的二。民國初年的新文化運動，參加者未嘗無相當的誠意，然終於一現而罷，其失敗之跡可為鑒戒，深望以後能更注意，即或未能大成，其希望自必更大矣。

中國文藝復興，此名稱極佳，吾輩固無日不在夢想中，雖曰立春之後夢無憑據，唯願得好夢，不肯放棄，固亦人情之常，不足怪者也。

三十三年二月二十九日，北京。

論小說教育

吳漁川口述的《庚子西狩叢談》五卷，以前曾經閱過，近日得上海新翻印本，寒夜聽窗外風聲，重讀一遍，多所感觸。關於庚子資料，龍顧山人《庚子詩鑑》所集已多，唯吳君所述者係其親歷，自別有親切有味之處，但是不佞特別有感者，卻在於筆述者甓園居士之論斷。

居士總論拳亂之根本癥結，不外二端，一則民智之過陋，一則生計之窳薄，易言之即是愚與貧耳。其論民智之過陋云：

「北方人民簡單樸質，向乏普通教育，耳目濡染，只有小說與戲劇之兩種觀感，戲劇仍本於小說，即謂之小說教育可也。小說中之有勢力者無過於兩大派，一為《封神》《西遊》，侈仙道鬼神之魔法，一為《水滸》《俠義》，狀英雄草澤之強梁，由此兩派思想渾合製造，乃適為構成義和拳之原質。故各種教術之統係於北方為獨盛，自義和團而上溯之，若白蓮天方八卦等教，皆不出於直魯晉豫各境。

「據前清嘉慶年間那彥成疏中所述教匪源流，蓋亡慮數十百種，深根固蒂，滋蔓已遍於大河南北，名目雖異，實皆與拳教同一印版，被之者普，而入之者深，雖以前清之歷次鏟刈，而根本固不能拔也。」

後面論拔本塞源之計，以為應從改革民眾社會著手，也分為二端，一則注重於普通教育，一則注重於普通生業。其論普通教育云：

「改良小說，改良戲劇，組織鄉約里社，實行宣講，以種種方法，使下級社會與中上級逐漸接近，以相當之知識，遞相輸灌，使多數民眾略明世界大勢與人類生存之正理，勿侈言學校普及，炫難得之遠功，而忽可能之近效，則事半而功自倍。」

論生計這一方面本來也頗有精義，現在只抄取關於民智這一部分，其脈案其方劑都很得要領，殊不易得。特別是注重社會教育，欲使下級社會與中上級逐漸接近，又使多數民眾略明世界大勢與人類生存之正理，這兩點很是切要，自有特殊的見識，非一般知識階級所及。

劉君說這話的時候是在民國十六年，現在又已過了十六年的光陰，重複聽到，還覺得極有意義，但中國國內情形之無甚進步，也即此可見了。

下級社會與中上級游離，固然是不好的事，但是中國的現象，又顯得中上級社會的見識漸與下級接近，其重大性也極值得考慮。大家知道，庚子事變的遠因在於中國民智之過陋與生計之窳薄，其近因在於外國教士之跋扈，政府諸要人之荒謬，這末一件事易言之即是官與拳匪同是一般見識。

剛毅奏稱董福祥是臣的王天霸，此軼事已膾炙人口，證明他的知識不出戲劇小說，此外袒拳諸臣工既已明見處分，其荒謬是無可疑的了。但是舉朝袞袞諸公，倖免於拳案的懲戒者，不知其中究有若干人，不信奉關聖帝君與文昌帝君的？關聖原來也是拳匪所奉，即信仰文昌帝君，此又與鴻鈞老祖有何區別？小說教育，可以說是中國的國民教育，自天子以至於庶人一是皆以此為本，這裡已經分不出什麼上下或天澤之辨了。

翁方綱在《陶廬雜錄》序中云：

「梧門蒙古世家，原名運昌，以與關帝號音相近，詔改法式善。」

關帝號者何？雲長也。這與運昌二音平仄陰陽均不一致，卻奉詔避諱更名。詔者何？乾隆皇帝之命令也。據說戲子唱三國的戲，扮關羽的報名必曰，吾乃關公是也。這樣便兩極端碰在一起，變成了一個圈子了。

中國人心中有兩個聖賢英雄，曰關羽岳飛，有兩個奸臣惡人，曰曹操秦檜。這是從那裡來的？大家知道這出於兩部書，一曰「三國演義」，一曰「說岳全傳」，其支流則有說書與演戲，使之漸益普及與深入。士大夫如讀宋朝史書以至野史雜記，有感於靖康之際，慷慨奮發，痛三字獄之冤，大罵秦檜，此猶是人情之常，若閱陳壽《三國志》關羽傳，乃極致傾倒，則為無理矣。

今既輕信小說，關岳並尊，又接受萬曆時之亂命，稱關羽為伏魔大帝，種種神怪之說益多，悉見於文人之記載，由上及下，變本加厲，士子供關帝像誦《明聖經》，而老百姓乃練拳舞刀，關聖附身矣。故小說教育殆已遍及於中國上下，而士大夫實為之首，雖時至今日，政體變革，新式教育已實行四十年之久，此種情形大旨仍無異於昔日也。

本來小說非不可讀，且並非不可用之於教育，只要用得其道，簡單的說就是當作小說去看。藝術據說原從宗教出來，宗教極是嚴肅的東西，但是一步退後，不加入巡行禮讚的行列裡，保持著一點距離，立著觀看，即是由宗教的體驗出而入於藝術的賞玩了。俗語云，只看見和尚吃饅頭，弗看見和尚受戒。受戒與吃饅頭，在和尚雖是苦樂不同，有義務與權利之別，但都是正經事，唯在家人旁立負手而觀之，或有興趣與才能，作為略畫，則漸移而為藝術，蓋其苦樂之情固尚存在，而中有距離，非如身受者之切迫而無迴旋之餘地也。

《三國》《說岳》本是演義，《封神》《水滸》更是假作故事，都很明瞭，不必多說，即是古代神話，如希伯來希臘所有者，最初實是教典史書，人民所共信守，但是時代轉移，也就被視為文藝作品，其影響及於後世文學美術者極大，如宙斯大神今固已非復君臨阿林坡斯山上之帝君，然其威嚴的像與故事則仍儼然存在也。

中國的讀書人不知怎的把許多事都弄顛倒了，史書只當作寫史論的題目資料，拿來一段千數年前的往事，也不細問前因後果，但依據正名之說，加以褒貶，如念符咒，以為有益於人心世道，而演義說部則視若正史，大是奇事。

一般士人能作詩文，談性理，似非民眾所能企及，但除此而外，其思想感情殆無甚大差異。史傳中朱溫之惡甚於曹操，張弘範吳三桂輩之惡甚於秦檜，老百姓不讀史，只聽演義，故不知曹秦之外尚有朱張吳等，士人讀史而亦只信演義，故知有朱張吳而亦仍只恨曹秦，其見識結果與老百姓一樣，但白多讀了許多書而已。

照這樣情形看來，最先應做的乃是把中上級的知識提高，隨後再使下級社會與中上級接近，減去小說教育之勢力，民智庶幾可以上進。至其方法，不過在於使士大夫知道正當讀書之法，即是史當作史讀，小說當作小說看而已，別無其他巧妙，所難者只是千年舊習不易猝改，又學徒眾多，缺少良塾師忍坐冷板凳而為之指教耳。

總而言之，中國現今本來還是革命尚未成功，思想界也依然還是舊秩序，那是當然的事。要打破這個渾沌情形，靠外來思想的新勢力是不行的，一則傳統與現狀各異，不能適合，二則喧賓奪主，反動必多，所以可能的方法還是自發的修正與整理。

我想思想革命有這兩要點，至少要能做到，一是倫理之自然化，一是道誼之事功化。中國儒家重倫理，此原是很好的事，然持之太過，以至小羊老鴉皆明禮教，其意雖佳，事乃近誣，可謂自然之倫理化，今宜通物理，順人情，本天地生物之心，推知人類生存之道，自更堅定足據，平實可行。次則儒者常言，正其誼不謀其利，明其道不計其功，此語固亦甚佳，但個人可以用作修身之準則，若對於家國人民，必須將道誼見諸事功，始能及物，乃為不負，否則空言無補，等於清談也。上述兩點原來也頗平凡，看去別無什麼了不得的地方，可是我覺得極是切要，可是也非常難辦，比兩極端的主張為尤甚，蓋中庸的做法在舊的嫌過激，新的又嫌保守，大抵兩不討好也。

此事還是著重在知識階級，須是中學教得好，普通學科皆能活用，常識即已完具，再予以讀書之指導，對於古今傳承的話知所取捨，便可算成功了。中堅層既已造成，再加推廣當不甚難，甓園居士的理想乃可實現，否則騎瞎馬者還是盲人，與庚子前後情形無大差異，民智與民生之改進仍無希望。

我時時想起明季的李卓吾，他的行為不免稍有怪僻處，但其見識思想多極明白通達，甚不易得，而一直為世人所惡，視若二毛子，無非因有帶有思想革命之傾向耳，由是可知此種運動以至提倡實大不易，我輩現今得以略略談談者，實在乃民國之賜，正不可不知感激者也。

民國癸未十二月大雪節。

女子與讀書

十一月間凌女士來訪，接到佐藤女史的信，叫我給雜誌寫文章。我很想幫忙，可是很有點兒為難。這並不是因為沒有閒暇，大抵費一兩天的工夫寫篇小文，也還有這機會。所說的困難乃是缺乏好的題材，因為一種雜誌假如是特殊性質，或讀者限於某範圍內的，那麼這文章也就不大好寫，至少為了受這性質與範圍的拘束，不能夠隨意的要說什麼就說什麼。

為了這個緣故，一連耽擱了兩個月，不曾寫得出一點東西來。近日忽然想到，略為介紹日本現代女作家的文章吧。這題目倒是恰好，可是怎麼辦才好呢？

我在日本留學還是在明治時代，已是四十年前的事了，因此我所知道的日本文學也以那時代為主，後來的事情就比較很是隔膜，要問現今的女作家誰最有名，我都回答不過來，此其一。正式的講介紹，自以評論為重要，這個固然不敢下筆，就是說翻譯，也是極不容易，莫說詩歌，即小說也是如此，此其二。這樣的一歸結起來，那麼可說的自然就限於明治末期，文學的種類也只是散文中的感想文與隨筆而已。

明治四十年前後是日本新文學很發達的時期，我們所注意的女作家有好幾個。佐藤俊子女史的小說《她的生活》還是記得，在二十年前我們編譯《現代日本小說集》的時候，序文中說及原來擬定而未及翻譯的幾家，即有佐藤女史在內，可是後來第二集不曾著手，所以終於沒有譯出。

此外還有一位是森茂子夫人，筆名寫作森茂女，在雜誌《昴》的上邊發表小說《狂花》等數篇，後來印成單行本，就以此為書名。本來女小說家也並不少，但是她們所寫的女人多不免以男子的理想為標準，或是賢媛，或是蕩婦，都合於男子所定的疇範，但總之不是女子的天然本色。我讀中國閨秀的詩文集，往往有此種感覺，假如有美這也是象牙美人之美罷了。

上邊所說的兩位所寫的卻不是這種意味的小說，即使不能說達於理想之域，總之是女性自身的話，有許多是非女人不能知不能言的，這一點乃是極可珍重的事。可是小說翻譯很不容易，既如上述，那麼這也只好擱下，等候將來適任的人來做。

與謝野晶子夫人本是歌人，卻也多寫批評感想的文章，歌集不敢以不知為知，只買得《晶子歌話》與《歌之作法》兩種，感想文集有十四冊，則差不多都陸續得到了。其第一冊書名《從角落裡》，係明治四十四年出版，即是辛亥那一年，已是三十二年前事了，現在拿出來一看，仍舊覺得很可佩服，其見識深遠非常人所能及。

與謝野夫人的第五冊感想集名曰《愛與理性及勇氣》，這可以代表感想全部的內容，實在是最適切的評語。我在民國六年譯過一篇論貞操的文章，登在《新青年》上，至今重閱這最早的感想集，裡邊好議論還是不少，但是要想整篇的翻譯，卻又一時不易做到。譯者的懶是一個原因，其次是文章是舊了而意思可以仍新，有時候歷時愈久而新的意味增加，因此也就是不合時式。餘下來可做的事，是找一篇平常點的文章，摘要敘述，以見一斑。

原來這一冊《從角落裡》的感想集裡列著二十題目，唯末尾的「雜記帳」一目實在乃是總名，收容長短文章甚多，占全書分量之半，約有三百餘頁。其中有一短篇，是勸人讀書的，現在便介紹過來，也說不清是抄是譯了。

「對於現今在家庭裡的青年女性有一件希望的事，便是為得將來可以做得丈夫的伴侶，做得兒女的教師，又使得自己的心賢明聰慧，溫雅開闊，在短的一生裡享受長的精神上的快樂起見，每日至少要有一小時，就是在晚上把睡眠時間減省下來也好，養成讀書的習慣。外國的女人就是在火車裡也不放下書籍，日本則平安朝以後的女人大抵不愛讀書，雖然男子也是一樣。

「近時年青的女子在結婚以前還在讀書，及至做了家庭裡的人，便是心愛的小說也再不拿起來了。說是家庭的事務煩忙麼，其實說廢話所耗費的時間著實不少。或者因為職業關係，全無餘暇的人也會有的，但是只要用心，在一星期中省出一兩小時的讀書時間並非不可能。故叶口一葉女史在家中做著副業，供給一家數口，卻也能夠那麼樣的著作和讀書。

「關於所讀書籍的種類，最好還是多取硬性的書物。哲學，心理學，歷史，動植物學，這些書可以補這方面所缺的智識，養成細密的觀察與精確的判斷力，於今後的婦人均為必要。哲學書可以先讀三宅博士著的《宇宙》，心理學有元良博士的講義，自然科學則丘博士著《進化論講話》與《物種由來》，石川博士的《動物學講話》，日本歷史有久米博士的《古代史》等，頂好不要讀斷片的東西，只取有信用的專門家所寫的整冊大著，孜孜矻矻的看下去，養成這種習慣最為要緊。

「古典書中也可以從《古事記》那裡起，順著時代去讀歷史及文學的書，漢文所寫的似乎有點不容易讀，可是只要字面看慣了，自然意味也會懂得，譬如《莊子》，《論語》，唐宋的詩集，或是佛教的書，找人指教了讀下去也很有意味。像我這樣關於漢文或國文一行半句都沒有跟人學過，可是在母家的時候偷了店務的餘閒，獨自學讀，實行讀書百遍其義自見的辦法，也漸漸的懂得意義了。

「我勸大家讀硬性的書，不大勸人讀軟性的文學書的緣故，便是因為先從文學讀起，則硬性的書便將覺得難讀，不大喜歡，不容易理解了。假如一面讀著可以磨煉理性，養成深銳的判斷力的書籍，再去讀軟性的文學書，就會覺得普通甜俗的小說有點兒無聊，讀不下去了，因此對於有高尚趣味的文學書加以注意，自能養成溫雅的情緒。

「本來女人容易為低級的感情所支配，輕易的流淚，或無謂的生氣，現在憑了硬性的學問，使得理性明確，自不至為卑近的感情所動，又因了高尚的藝術，使得感情清新，於是各人的心始能調整，得到文明婦人的資格，對於夫可為賢妻，對於子可為賢母，在社交界可為男子的好伴侶。

「大家都以此種抱負，各自努力去養成讀書的習慣罷。即使沒有這些大抱負，兒女們不久將進學校了，大家不可使兒童單只依賴學校的教育，須得使他們覺得父母所知道的事比學校教育更為廣大，對於家庭的教育信用而且尊敬才好，因此磨煉自己，可以成為兒童們的學問的顧問，正是必要。假如真是深愛兒童，父母先自成為賢明，再將兒童養育成賢明的人，那是很切緊的事吧。」

以上的話雖是三十多年前所說，但是我覺得在現今還是都很對，所以抄了出來，以供現代中國諸位女士們的參考。

民國三十二年十二月三十日。

燈下讀書論

以前所做的打油詩裡邊，有這樣的兩首是說讀書的，今並錄於後。其辭曰：

飲酒損神茶損氣，讀書應是最相宜，
聖賢已死言空在，手把遺編未忍披。
未必花錢逾黑飯，依然有味是青燈，
偶逢一冊長恩閣，把卷沉吟過二更。

這是打油詩，本來嚴格的計較不得。我曾說以看書代吸紙煙，那原是事實，至於茶與酒也還是使用，並未真正戒除。

書價現在已經很貴，但比起土膏來當然還便宜得不少。這裡稍有問題的，只是青燈之味到底是怎麼樣。古人詩云，青燈有味似兒時。出典是在這裡了，但青燈究竟是怎麼一回事呢？同類的字句有紅燈，不過那是說紅紗燈之流，是用紅東西糊的燈，點起火來整個是紅色的，青燈則並不如此，普通的說法總是指那燈火的光。

蘇東坡曾云，紙窗竹屋，燈火青熒，時於此間，得少佳趣。這樣情景實在是很有意思的，大抵這燈當是讀書燈，用清油注瓦盞中令滿，燈芯作炷，點之光甚清寒，有青熒之意，宜於讀書，消遣世慮，其次是說鬼，鬼來則燈光綠，亦甚相近也。若蠟燭的火便不相宜，又燈火亦不宜有蔽障，光須裸露，相傳東坡夜讀佛書，燈花落書上燒卻一僧字，可知古來本亦如是也。

至於用的是什麼油，大概也很有關係，平常多用香油即菜子油，如用別的植物油則光色亦當有殊異，不過這些迂論現在也可以不必多談了。

總之這青燈的趣味在我們曾在菜油燈下看過書的人是頗能瞭解的，現今改用了電燈，自然便利得多了，可是這味道卻全不相同，雖然也可以裝上青藍的磁罩，使燈光變成青色，結果總不是一樣。所以青燈這字面在現代的詞章裡，無論是真詩或是諧詩，都要打個折扣，減去幾分顏色，這是無可如何的事，好在我這裡只是要說明燈右觀書的趣味，那些小問題都沒有什麼關係，無妨暫且按下不表。

聖賢的遺編自然以孔孟的書為代表，在這上邊或者可以加上老莊吧。長恩閣是大興傅節子的書齋名，他的藏書散出，我也收得了幾本，這原是很平常的事，不值得怎麼吹噓，不過這裡有一點特點理由，我有的一種是兩小冊抄本，題曰「明季雜誌」。傅氏很留心明末史事，看《華延年室題跋》兩卷中所記，多是這一類書，可以知道，今此冊只是隨手抄錄，並未成書，沒有多大價值，但是我看了頗有所感。

明季的事去今已三百年，並鴉片洪楊義和團諸事變觀之，我輩即使不是能懼思之人，亦自不免沉吟，初雖把卷終亦掩卷，所謂過二更者乃是詩文裝點語耳。那兩首詩說的都是關於讀書的事，雖然不是鼓吹讀書樂，也總覺得消遣世慮大概以讀書為最適宜，可是結果還是不大好，大有越讀越懊惱之概。

蓋據我多年雜覽的經驗，從書裡看出來的結論只是這兩句話，好思想寫在書本上，一點兒都未實現過，壞事情在人世間全已做了，書本上記著一小部分。昔者印度賢人不惜種種佈施，求得半偈，今我因此而成二偈，則所得不已多乎，至於意思或近於負的方面，既是從真實出來，亦自有理存乎其中，或當再作計較罷。

聖賢教訓之無用無力，這是無可如何的事，古今中外無不如此。英國陀生在講希臘的古代宗教與現代民俗的書中曾這樣的說過：

「希臘國民看到許多哲學者的升降，但總是只抓住他們世襲的宗教。柏拉圖與亞利士多德，什諾與伊壁鳩魯的學說，在希臘人民上面，正如沒有這一回事一般。但是荷馬與以前時代的多神教卻是活著。」

斯賓塞在寄給友人的信札裡，也說到現代歐洲的情狀：

「在宣傳了愛之宗教將近二千年之後，憎之宗教還是很占勢力。歐洲住著二萬萬的外道，假裝著基督教徒，如有人願望他們照著他們的教旨行事，反要被他們所辱罵。」

上邊所說是關於希臘哲學家與基督教的，都是人家的事，若是講到孔孟與老莊，以至佛教，其實也正是一樣。在二十年以前寫過一篇小文，對於教訓之無用深致感慨，末後這樣的解說道：

「這實在都是真的。希臘有過梭格拉底，印度有過釋迦牟尼，中國有過孔子老子，他們都被尊崇為聖人，但是在現今的本國人民中間他們可以說是等於不曾有過。我想這原是當然的，正不必代為無謂的悼歎。這些偉人倘若真是不曾存在，我們現在當不知怎麼的更為寂寞，但是如今既有言行流傳，足供有知識與趣味的人的欣賞，那也就盡夠好了。」

這裡所說本是聊以解嘲的話，現今又已過了二十春秋，經歷增加了不少，卻是終未能就此滿足，固然也未必真是床頭摸索好夢似的，希望這些思想都能實現，總之在濁世中展對遺教，不知怎的很替聖賢感覺得很寂寞似的，此或者亦未免是多事，在我自己卻不無珍重之意。前致廢名書中曾經說及，以有此種悵惘，故對於人間世未能恝置，此雖亦是一種苦，目下卻尚不忍即捨去也。

《閉戶讀書論》是民國十七年冬所寫的文章，寫的很有點彆扭，不過自己覺得喜歡，因為裡邊主要的意思是真實的，就是現在也還是這樣。

這篇論是勸人讀史的。要旨云：

「我始終相信二十四史是一部好書，他很誠懇地告訴我們過去曾如此，現在是如此，將來要如此。歷史所告訴我們的在表面的確只是過去，但現在與將來也就在這裡面了。正史好似人家祖先的神像，畫得特別莊嚴點，從這上面卻總還看得出子孫的面影，至於野史等更有意思，那是行樂圖小照之流，更充足的保存真相，往往令觀者拍案叫絕，歎遺傳之神妙。」

這不知道算是什麼史觀，叫我自己說明，此中實只有暗黑的新宿命觀，想得透徹時亦可得悟，在我卻還只是悵惘，即使不真至於懊惱。我們說明季的事，總令人最先想起魏忠賢客氏，想起張獻忠李自成，不過那也罷了，反正那些是太監是流寇而已。

使人更不能忘記的是國子監生而請以魏忠賢配享孔廟的陸萬齡，東林而為閹黨，又引清兵入閩的阮大鋮，特別是記起《詠懷堂詩》與《百子山樵傳奇》，更覺得這事的可怕。史書有如醫案，歷歷記著證候與結果，我們看了未必找得出方劑，可以去病除根，但至少總可以自肅自戒，不要犯這種的病，再好一點或者可以從這裡看出些衛生保健的方法來也說不定。

我自己還說不出讀史有何所得，消極的警戒，人不可化為狼，當然是其一，積極的方面也有一二，如政府不可使民不聊生，如士人不可結社，不可講學，這後邊都有過很大的不幸做實證，但是正面說來只是老生常談，而且也就容易歸入聖賢的說話一類裡去，永遠是空言而已。說到這裡，兩頭的話又碰在一起，所以就算是完了，讀史與讀經子那麼便可以一以貫之，這也是一個很好的讀書方法罷。

古人勸人讀書，常說他的樂趣，如《四時讀書樂》所廣說，讀書之樂樂陶陶，至今暗誦起幾句來，也還覺得有意思。此外的一派是說讀書有利益，如云書中自有黃金屋，書中自有顏如玉，是升官發財主義的代表，便是唐朝做《原道》的韓文公教訓兒子，也說的這一派的話，在世間勢力之大可想而知。

我所談的對於這兩派都夠不上，如要說明一句，或者可以說是為自己的教養而讀書吧。既無什麼利益，也沒有多大快樂，所得到的只是一點知識，而知識也就是苦，至少知識總是有點苦味的。古希伯來的傳道者說，「我又專心察明智慧狂妄和愚昧，乃知這也是捕風，因為多有智慧就多有愁煩，加增知識就加增憂傷。」這所說的話是很有道理的。

但是苦與憂傷何嘗不是教養之一種，就是捕風也並不是沒有意思的事。

我曾這樣的說：「察明同類之狂妄和愚昧，與思索個人的老死病苦，一樣是偉大的事業。虛空盡由他虛空，知道他是虛空，而又偏去追跡，去察明，那麼這是很有意義的，這實在可以當得起說是偉大的捕風。」這樣說來，我的讀書論也還並不真是如詩的表面上所顯示的那麼消極。可是無論如何，寂寞總是難免的，唯有能耐寂寞者乃能率由此道耳。

民國甲申，八月二日。

談翻譯

有好些事情，經過了多少年的努力以後，並未能做出什麼成績，可是有了這許多經驗，能夠知道其中的甘苦黑白，這也是可珍重的一件事。即如翻譯就是一例。

我從清光緒甲辰即一九零四年起，在南京的學堂裡就開始弄筆，至今已有四十個年頭了，零整譯品無甚足道，但是憑了這些經驗，即使是失敗的經驗，也就有了經驗之談，現今大可拿來談談了。

第一可談的是翻譯的文字。這裡可以分作兩面，一是所譯的本國文，二是原來的外國文。本國譯文自然只是一種漢文，可是他又可以有文言與白話之分。據我看來，翻譯當然應該用白話文，但是用文言卻更容易討好。

自從嚴幾道發表宣言以來，信達雅三者為譯書不刊的典則，至今懸之國門無人能損益一字，其權威是已經確定的了，但仔細加以分析，達雅重在本國文方面，信則是與外國文有密切關係的。必須先將原來的文字與意思把握住了，再找適合的本國話來傳達出來，正當的翻譯的分數似應這樣的打法，即是信五分，達三分，雅二分。

假如真是為書而翻譯，則信達最為重要，自然最好用白話文，可以委曲也很辛苦的傳達本來的意味，只是似乎總缺少點雅，雖然據我說來白話文也自有其雅，不過與世俗一般所說不大同，所以平常不把他當作雅看，而反以為是俗。若是要想為自己而翻譯的話，那麼雅便是特別要緊，而且這還是俗受的雅，唯有用文言才能達到目的，不，極容易的可以達到目的。

上邊的話並非信口開河，乃是我自己從經驗上得來的結果。簡單的辦法是先將原文看過一遍，記清內中的意思，隨將原本擱起，拆碎其意思，另找相當的漢文一一配合，原文一字可以寫作六七字，原文半句也無妨變成一二字，上下前後隨意安置，總之只要湊得像妥帖的漢文，便都無妨礙，唯一的條件是一整句還他一整句，意思完全，不減少也不加多，那就行了。

這種譯文不能純用八大家，最好是利用駢散夾雜的文體，伸縮比較自由，不至於為格調所拘牽，非增減字句不能成章，而且這種文體看去也有色澤，因近雅而似達，所以易於討好。這類譯法似乎頗難而實在並不甚難，以我自己的經驗說，要比用白話文還容易得多，至少是容易混得過去，不十分費力而文章可以寫得像樣，原意也並不怎麼失掉，自己覺得滿足，讀者見了也不會不加以賞識的。

這可以說是翻譯的成功捷徑，差不多是事半而功倍，與事倍功半的白話文翻譯不可同年而語。我們於一九零九年譯出《域外小說集》二卷，其方法即是如此，其後又譯了《炭畫》與《黃薔薇》，都在辛亥以前，至民國六年為《新青年》譯小說，始改用白話文。

文言譯書不很費力而容易討好，所以於譯者有利，稱曰為自己而翻譯，即為此故，不過若是因為譯者喜歡這本原書，心想介紹給大家去看，那麼這是為譯書而翻譯了，雖然用文言譯最有利益，而於讀者究不方便，只好用白話文譯去，亦正是不得已也。

至於說到外國文這一邊，那就沒有幾句話即可說了。我想在原則上最好是直接譯，即是根據原書原文譯出，除特別的例外在外，不從第二國語重譯為是。

可是這裡有幾個難問題。一，從第二國語重譯常較直接譯為容易，因原文有好些難解的熟語與句法，在第二國語譯本多已說清，而第二國語固有的這些難句又因係譯文之故多不濫用，故易於瞭解。要解除這個困難，應於原文原書之外，多備別國語的譯本以備參考比較。

二，外國語的智識不深，那時不識艱難，覺得翻譯不很難，往往可以多有成績，雖然錯誤自然也所不免，及至對於這一國語瞭解更進，卻又感到棘手，就是這一句話，從前那麼譯了也已滿意了，現在看出這裡語氣有點出入，字義有點異同，躊躇再四，沒有好辦法，結果只好擱筆。

這樣的例很是普通，有精通外國語的前輩謙虛的說沒法子翻譯，一生沒有介紹過他所崇拜的文人的一篇著作。這裡沒有好的解決方法，只是迂闊的一句話，希望譯者努力勉為其難而已。

其次且一談翻譯的性質，或者可以稱作態度。這裡大概可分三種，一是職務的，二是事業的，三是趣味的。

職務的翻譯是完全被動的，因職務的關係受命令而翻譯，這種人在日本稱為通譯，中國舊稱通事，不過從前只重在傳話，現在則改為動筆而已。跟了教士傳道，則說天堂，在洋行裡談生意經，如辦外交又須講天下大事，此種工作要有極大語學能力，卻可以不負責任。用在譯書上也正是如此，時代有時很需要他，而人才難得，有些能力的人或者不大願意做通事的生意，因此這類工作難得很好的成績，至於讀者方面之不看重還是在其次了。

事業的翻譯是以譯書為其畢生的事業，大概定有一種範圍，或是所信仰的宗教，或是所研究的學術，或是某一國某一時代的文藝，在這一定的範圍內廣泛的從事譯述紹介。中國自晉至唐的譯經事業是一個好例，最值得稱讚，近時日本翻譯外國文學，有專譯特別一國的，如古希臘羅馬，中國，俄國，義大利，以及西歐各國，都有若干專家，孜孜矻矻的在做著這種工作，也是很足供我們取法的。

這是翻譯事業的正宗，其事業之發達與否與一國文化之盛衰大有關係。可惜這在我國一直就不很發達。至於趣味的翻譯乃是文人的自由工作，完全不從事功上著想，可是其價值與意義亦仍甚重大，因為此種自動的含有創作性的譯文多具有生命，至少也總是譯者竭盡了心力，不是模糊敷衍之作，那是無疑的。

所謂趣味的，或者這裡也略須解說。這並不說是什麼有趣味的書，實在只是說譯者的工作純粹從他的趣味上出發，即是對於所譯的書譯者衷心的愛好，深切瞭解作者的思想，單是自己讀了覺得可惜，必須把它寫出來多給人看才為滿意，此是一種愛情的工作，與被動的出於職務關係者正是相反也。

不過這樣的翻譯極不容易，蓋因為知之深，愛之極，故著筆也就很難，不必等批評家來吹毛求疵，什麼地方有點不妥當自己早已知道，往往寫不到一半，就以此停滯，無法打通這難關，因而只好中止者，事常有之。

要想翻譯文學發達，專來期待此項作品，事實上本不可能，但是學術文藝的譯書中去找出有生命的，大抵以此項為多，此亦是自然的事。譯者不以譯書為事業，但只偶爾執筆，事實是翻譯而當作自己的創作做去，創作的條件也是誠與達，結果仍是合格的譯書，此蓋所謂閉戶造車，出門合轍，正是妙事，但亦不易得，殆是可遇而不可求者也。

上邊所說三種或者都有必要，事業的翻譯前已說過是為正宗，但是這須政治與文化悉上軌道，有國家的力量為其後盾，才能發展成功，趣味的翻譯雖是一星半點，不能作有系統的介紹，在兵荒馬亂的時代或者倒是唯一的辦法，於學藝前途不無小補。職務的翻譯也是好的，不過這是屬於機關或公司的事情，有些在政策或什麼上要趕緊譯出的東西便應交給辦理，與普通的翻譯家無干。

個人盡他的良心與能力，翻譯自己所想譯的書，那就好了，社會與國家可以不要他的翻譯，以至於不准，即是禁止出版，可是不能強迫他必須翻譯某一種某一冊書，因為翻譯並不是通譯。世間熱心的人們看見一篇譯文，常說這也不錯，但為什麼不譯某一方面的作品呢，可惜見識尚缺，或是認識不足。譯者對於各種批評固然願意聽受，但是也希望批評者要承認他不是雇定的通事，他沒有一定要那麼做的義務。這道理本來很簡單，卻常有人不免誤會，順便於此說明幾句。

此外還有些瑣屑的翻譯經驗，本想寫進去，因為這是自己的事，寫得不好便容易俗，而且反正也沒有多大的意思，今且從略，或者將來看機會再寫吧。

中華民國三十三年甲申初春，北京。

怠工之辯

紹昌先生左右：

日前張銘三君來，送來《日本研究》第四期一冊，並所惠贈之佐佐木理譯《希臘神話論考》一冊，領收謝謝。哈利孫女士的著作，我在民國初年見了她的《古代藝術與儀式》以後，才注意閱讀，一直很是佩服，不獨希臘神話上得到種種教示，就是我對於神與鬼等的理解也深受其影響，雖然茀來則博士的著書又是別方面的來源。

去年冬天高阪正顯博士來北京，在綜合調查研究所見面，談到哈利孫女士的事，知道他也有文章發表過，彷彿覺得在寂寞荒僻的路上遇見了行人，很是高興。《古代藝術與儀式》已有日本文譯本，也出於佐佐木氏之手，曾經得到，這回又承贈予《希臘神話論考》，於感謝盛意之外，又引起我對於譯者一種親近之感，這是常時難有的事，自己覺得殊可珍惜。鄙人因為翻譯亞坡羅陀洛斯的《希臘神話》，於民國二十七年春間曾將哈利孫女士的這《希臘神話論》譯出，作為附錄，交給當時由胡適之博士主管的編譯委員會，後來聽說這些稿件存在香港，恐怕現在已經不知下落了吧。

本文的譯本因為在做注釋，還留存寒齋，可是《神話論》沒法子去查詢，也沒有決心去重譯，這回看見佐佐木譯書，便不免感慨繫之。日本學問界日益精進，古希臘之介紹研究漸以加多，克貝耳教授的薪火愈傳愈大，隔海望之，至為豔羨，中國不知須待至何時，始能有此一日乎。

《日本研究》的定期刊，非由大才與毅力主持，不能迅速成就，切實進展，每期快讀，不勝佩服。命寫文章，極想盡力，但是力不從心，也頗有些困難，甚為惶恐。

鄙人在蘆溝橋事變之前即曾聲明，自己從前所走的路全是錯的，即是從文學藝術方面下手去理解日本國民精神，這事完全是徒勞，只有宗教一路或有希望，因為我覺得在這裡中日兩國民最是不同，我們要能夠懂得日本國民的宗教情緒，才可希望瞭解他的思想與行為。

我這意見在近六七年中雖然承蒙日本神道學家的支援與獎勵，可是我自己還沒有動手去做的決心與勇氣，因為宗教本是一頭窄的門，而我又恰巧是《新約》上所說的少信的人，那麼這件事自然如富翁之登天堂，不是很容易的。

截至現在為止，我還只在等候有緣的人出現，向著這條路走去，到得後來再從寶山裡回來的時候，請他講故事給我們聽，不但增廣見聞，而且可以證明我的條陳究竟正確如何。

要批評說懶惰，也是無法，不過天下事往往有設計與實行不是一個人的，所謂成功不必由我，似乎也可引以自解。或者說，這一件如果目下做不動，何妨換一件先來做看，談談別的問題呢？這是不可能的。假如我是開著一所店鋪，拿不出頭號貨色來，那麼姑且拿次號的，對主顧說明白，問要不要且以此代用，那當然是無妨的，現在卻不是這種情形。這有如從前運河裡糧船堵住了河道，非把這大船先打發走了，後面的船無論如何沒法行駛，我想談日本文化也須得先就宗教懂得個大概，才能來說別的，現在還是談不到。

近來也胡亂的寫作，不過那都是關於中國的，自己的事情不能說全不知道，說到日本文化，現今暫時還得「遠慮」，等到把宗教一關打通了之後。因此，自己寫文章，實在覺得沒有辦法，這是要請特別原諒的。

翻譯似乎沒有這樣為難了。其實在去冬曾經有一回想譯一小篇島崎藤村先生的隨筆送去，因為藤村先生的有好些散文都是我所十分佩服的，而且那時貴刊正要出藤村紀念專輯，覺得更是沒有什麼責任，所以決心想那麼辦。實在卻是沒有成功。那篇文章題為「短夜時節」，收在昭和五年出版的文集《在市井間》之中，反覆看了幾遍，覺得實在很好，等到要想動手翻譯，才又看出來這裡口氣達不出，那裡句子寫不好，結果是思量打算了半天，仍舊一個字都沒有寫下來。

這不是說前回不曾交卷的辯解，其實乃是說明翻譯之不容易，假如這所要譯的是自己所佩服所喜歡的作者所寫的文章。或是原文未必佳妙，原作者未必高明，那麼馬虎的翻他一下也不見得真是怎麼難，不過這類東西又未必有人願意翻譯，我們即使有閒，就是茶也好喝，何苦來自尋煩惱，在白紙上去多寫上許多黑字呢。

翻譯白費心力固然是煩惱，而憑空又負上些責任，又是別一種煩惱，或者是日本所謂迷惑。我剛說翻譯藤村文章沒有責任，便是因為那時要出藤村特輯，紀念藤村的是非其責自在編輯者，應命為文的人別無干係，若是自己自動的翻譯介紹某一作品，那麼這責任就要自己去負，也實在是一件很有點兒麻煩的事情。

譬如你翻譯古典作品，不免有批評家要責備說為什麼不介紹現代，如介紹了明治時代作品，又會得怪你不看重從軍文士。古人說，責備賢者，自然也是光榮，在旁觀的看來，總是有點不討好，殊有狼狽不堪之印象。

不過這裡只是客觀的說，在自己卻自有主觀，翻譯的時候還是照自定的方針去做，因為自己相信所做的工作是翻譯而不是通譯，所以沒有那些責任。有同鄉友人從東京來信，說往訪長谷川如是閒氏，他曾云，要瞭解日本，不能只譯文學，要譯也須譯明治作家之作，因他們所表現的還有日本精神，近人之作則只是個人趣味而已。

我很喜歡在日本老輩中還有我們這一路的意見，是頗強人意的事，只要自信堅定，翻譯仍是可做的，比較成問題的還只是自己的能力。談到這裡，我對貴刊想說的話差不多就齊全了，文章雖不能寫，翻譯尚想努力，但是在原則上努力不成問題，何時能夠實現卻未可知，因為這有力的分量的關係。本來根本不是罷工，可是不免似乎有怠工的樣子，上邊這好些廢話就只是當作一篇辯解。

末了順便附說一點淺陋的意見。我覺得中日兩國民現今迫切的需要一個互相坦白的披露胸襟的機會，中國固然極須知道日本，而在日本至少同樣的也有知道中國人之必要。理想的辦法是各人先講各人自己的事情，無論怎麼說都好，只要誠實坦白，隨時互相討論商榷，不久自然可望意見疏通，感情也會和好。若是甲國專來研究介紹乙國，乙國對於甲國也同樣的做，那麼是結果大概過猶不及，如不是太偏於客氣，便將偏於太不客氣。

在中國與日本，我恐怕這情形就是如此。將來最好變換一個做法，由兩國分別辦一個大雜誌社，中國方面由本國切實的學者文人主稿，撰述關於中國各問題的論文，譯成流暢的日本語，按期刊行，供日本國民的閱讀，同時日本也照樣的辦一漢文雜誌，這也未始不是文化交流的一個好辦法。中國的雜誌以介紹中國為主，但亦可留下十分之三的地位登載關於日本的文章，以便與日本方面交換意見，日本則附載關於中國的論文。

這種有大使命的刊物其實倒很容易辦，既然深切的感到東洋民族的運命是整個的，非互相協和不能尋出生路，但能一切出以誠實坦白，消極的條件只須不失國際的禮儀，那麼沒有什麼話不可以談或是談不通的。即如雜誌的名號，中國所出的便可稱為「支那卜日本」，日本的稱為「日本與中國」，——中國人不必厭惡支那之別號，日本也無須再對中國二字表示爭執了。

寫一封信，乃竟拉扯到三千言，已經有點可笑，末後又說夢話，這夢太好了，霍地醒轉時將大失望，還不及做惡夢驚醒覺得快活，不過夢由心造，這裡的意思總是誠實的，無妨說說，既然寫下之後也就不再塗去。

以前我曾寫過一篇《中國的思想問題》，這文章當然是不足道，但可以表示我近五六年所用心的地方，若是中國要發刊夢想的雜誌，我願意貢獻出去，還可以繼續效力，關於日本的則只有那篇《日本之再認識》，事實上是一紙關店的聲明，由此可知鄙人所言全無虛飾，亦當為朋友們所共諒者也。草草不盡，即頌撰安。

民國三十三年一月十五日，知堂和南。

希臘之餘光

一個月以前，在日本書店裡偶然得到一冊長阪雄二郎譯的《古代希臘文學史》，引起我好些的感想。

這是理查及勃教授的原著，本名《希臘文學初步》，是麥克米蘭書店文學初步叢書之一。這叢書雖然只是薄薄的小冊子，卻是很有意思，我所有的四冊都很不錯，其中兩種覺得特別有用，便是這《希臘文學》，以及勃路克牧師所著的《英國文學》。我買到《英國文學初步》還是在民國以前，大概是一九一〇年，距離當初出版的一八七六已是三十四年，算到現在，恰巧又是三十四年了。

我很喜歡勃路克的這冊小書，心想假如能夠翻譯出來，再於必要處適宜的加以小注，是極好的一本入門書，比自己胡亂編抄的更有頭緒，得要領。對於《希臘文學》也是如此想，雖然摩利思博士的《英文法初步》我也喜歡，卻覺得總還在其次了。

光陰荏苒的過去了三十幾年，既不能自己來動手，等別人自然是靠不住，偶爾拿出來翻閱一下，還只是那兩冊藍布面的原書而已。但是勃路克的書在日本有了石川誠的譯本，名曰「英國文學史」，一九二五年初板，我所有的乃是一九四一年的改訂再板本，及勃的書則出版於去年冬天，原書著作為一八七七年，蓋是著者三十七歲時，去今已有六十七年矣。

我的感想，其一是這《希臘文學初步》在日本也已有了譯本了，中國恐怕一時不會有，這是很可惜的事。其二是原書在起頭處說過，是寫給那不懂希臘文，除譯本外不會讀希臘書的人看的，因此又覺得在中國此刻也還不什麼等用，或者不及翻譯與介紹要緊。

其三想到自己這邊，覺得實在也欠用力，雖然本來並沒有多少力量。在十四五年前，適值北京大學三十二周年紀念，發刊紀念冊，我曾寫過一篇小文，題曰「北大的支路」，意思是說於普通的學問以外，有幾方面的文化還當特別注重研究，即是希臘，印度，亞剌伯與日本。

大家談及西方文明，無論是罵是捧，大抵只憑工業革命以後的歐美一兩國的現狀以立論，總不免是籠統，為得明瞭真相起見，對於普通稱為文明之源的古希臘非詳細考察不可，況且他的文學哲學自有其獨特的價值，據愚見說來其思想更有與中國很相接近的地方，總是值得螢雪十載去鑽研他的，我可以擔保。當時我說的有點詼諧，但意思卻是誠實的，至今也並沒有改變。

所可惜的是，中國學問界的情形也是沒有改變。但是這有什麼辦法呢。日本在明治末年也還是很少談希臘事情的人，但克倍耳教授已在大學裡鼓吹有年，近二十年中人材輩出，譯書漸多，這是很可羡慕的事。中國從何說起，此刻現在，學藝之不振豈不亦是應該，當暗黑時正當暗黑可也。不過話又說回來，現今假如尚有餘裕容得人家來寫文章，談文學，則希臘的題目似尚有可取，雖然歸根到底不免屬於清談之內，在鄙人視之乃覺得頗有意義，固不盡由於敝帚自珍耳。

我曾經寫過一篇談希臘人的好學的文章，引用瑞德著《希臘晚世文學史》裡的話，講《幾何原本》作者歐幾里特的事。原文大意云：

「歐幾里特，希臘式的原名是歐克萊台斯，約當基督二百九十年前生活於亞力山大城，在那裡設立一個學堂，下一代的有些名人多是他的弟子。關於他的生平與性格我們幾乎一無所知，雖然有他的兩件軼事流傳下來，頗能表示出真的科學精神。其一是說普多勒邁一世問他，可否把他的那學問弄得更容易些，他回答道，大王，往幾何學那裡去是並沒有御道的。又云，有一弟子習過設題後問他道，我學了這些有什麼好處呢。他就叫一個家奴來說道，去拿兩分錢來給這廝，因為他是一定要用了他所學的東西去賺錢的。後來他的名聲愈大，人家提起來時不叫他的名字，只說原本氏就行了。」

部丘教授在《希臘之好學》文中云：

「自從有史以來，知這件事在希臘人看來似乎他本身就是一件好物事，不問他的所有的結果。他們有一種眼光銳利的，超越利益的好奇心，要知道大自然的事實，人的行為與工作，希臘人與外邦人的事情，別國的法律與制度。他們有那旅人的心，永遠注意著觀察記錄一切人類的發明與發見。」

這樣為知識而求知識的態度甚可尊重，為純粹的學問之根源，差不多為古希臘所特有，而在中國又正是缺少，我們讀了更特別覺得是有意義的事。

在《希臘的遺產》這冊論文集中，列文斯頓論希臘文學的特色第三是求真，這與上文有可以互相發明的地方。引了史詩與抒情詩的實例之後，講到都屈迭台斯的史書，敘述希臘內爭的一幕。這是基督四百二十四年前的事，即中國春秋時威烈王二年，斯巴達大將勃拉西達斯將攻略安非坡利斯，雅典大將都屈迭台斯在塔索斯，相距是一日半的水程，倉忙往救，勃拉西達斯急與市民議款，特予寬大，市遂降服。

史書中云：

「是日晚，都屈迭台斯與其舟師入藹翁港，但已在勃拉西達斯佔據安非坡利斯之後，若再遲一宿，則彼更將並取藹翁而有之矣。」

此文看似尋常，但我們須知道，雅典大將都屈迭台斯即是記此事實的史家都屈迭台斯，而因了這裡那麼用了超然中立的態度所記的一件事，乃使他不得不離開祖國，流放在外至二十年之久。列文斯頓評云：

「都屈迭台斯客觀地敘述簡單的事實，好像是關係別個人似的，對於他一生中最大的不幸沒有一句注釋，沒有不服，辯解，說明，或恨憎之詞。他用第三人身寫他自己。現代大將寫自己的失敗不是用這種寫法的，但這正是希臘的寫法。都屈迭台斯忘記了他自己和他的感情，他只看見那不幸的一天，他同了他的舟師沿河上駛，卻見安非坡利斯的城門已經對他緊閉了。他這樣的不顧自己的事，並不曾說這是不幸，雖然這實是不幸，對於他和他的故國。假如我們不知道他是雅典人，那麼我們單從他的史書上就很不容易分別，在這戰事上他是偏袒雅典的呢，還是偏袒斯巴達，因為他是那麼全然的把他和他的感情隱藏起來了。可是他乃是熱烈的愛國者，而他正在記述這戰事，在這一回裡他的故國便失掉了主權與霸圖。」

嚴正的客觀到了這地步，有點超出普通的人力以上，但真足為後世學人的理想模範，正如太史公言，雖不能至，心嚮往之矣。

談到希臘事情，大家總不會忘記提及他們的愛美這一節的。列文斯頓也引了所謂荷馬頌歌裡的一篇《地母頌》，與丁尼孫的詩相比較，他說，丁尼孫雖是美，而希臘乃有更上的美，這並非文字或比喻或雕琢之美，卻更為簡單，更為天然，更是本能的，彷彿這不是人間卻是自然她自己在說話似的。

比詩歌尤為顯明的例是希臘神話的故事，這正是如詩人濟慈所說的希臘的美的神話，同樣的出於民間的想像，逐漸造成，而自有其美，非北歐統系的神話所能及。列文斯頓說，就是在乾燥無味的神話字典中，如亞塔闌達，那耳吉索斯，辟格瑪利恩，阿耳孚斯與歐呂迭開，法伊東，默杜薩各故事，都各自有其魔力。

這評語實在是不錯的，不過傳述既成的故事，也沒有多大意思，還不如少為破點工夫，看其轉變之跡，意義更為明顯。希臘神話故事知道的人不少，一見也似平常，但是其形狀並非從頭就是如此，幾經轉變，由希臘天才加以陶融剪裁，乃始成就。

希臘人以前的原住民沒有神話，據古史家說，他們祀神呼而告之，但他們不給神以稱號，亦無名字。羅馬人在未曾從希臘借用神話以前情形也是如此，他們有渺茫的非人格的鬼物似的東西，他們並不稱之曰諸神，只稱之曰諸威力。威力是沒有人的特性的，他沒有性別，至少其性別是無定的，這只須參考古時的祈禱文便可明瞭，文中說禱告於精靈，無論是男是女。

希臘民族乃是「造像者」，如哈里孫女士在《希臘神話論》引言中所說，他們與別的民族同樣的用了宗教的原料起手，對於不可見的力之恐怖，護符的崇拜，未滿足的欲望等，從那些渺茫粗糙的材料，他們卻造出他們的神人來。

我們一面再看埃及印度，也曾造有他們的神人，可是這與希臘的又是多麼不同，埃及的鳥頭牛首，印度的三頭千手，在希臘都是極少見的。其實希臘何嘗沒有獸形化的神人，以及其他的奇形怪事，只是逐漸轉變了，不像別國的永遠不變，因為有祭司與聖經的制限。

哈里孫女士說，希臘民族不是受祭司支配而是受詩人支配的，照詩人這字的原義，這確是所謂造作者，即藝術家的民族。

他們不能容忍宗教中之恐怖與惡分子，把他漸益淨化，造成特殊的美的神話，這是他們民族的一種成就，也是給予後世的一個恩惠。

《希臘神話論》第三章是論山母的，裡邊詳說戈耳共與藹利女斯的轉變，很是明白，也於我們最為有益。

戈耳共本來是泰山石敢當似的一個鬼臉，是儀式上的一種面具，竭力做的醜惡，去恐嚇人與妖魔的。既然有了頭，那麼一定有一個戈耳共在那裡，或者更好是三數，於是有了三姊妹的傳說，默杜薩即是最幼小的一個。戈耳共面普通都拖舌，瞪眼，露出獠牙，是恐怖之具體的形象。

可是自從這成為默杜薩的頭以後，希臘藝術家逐漸的把她變成了一個可憐的含愁的女人的面貌，雖然頭髮還是些活蛇，看見她面貌的人也要被變作石頭。藹利女斯如字義所示，是憤怒者，即是怒鬼，要求報復之被殺害的鬼魂。她們形狀之可怕是可以想見的，大抵是戈耳共與哈耳普亞二者之合成，在報仇的悲劇中出現，是很慘愴的一種物事。

在為報父仇而殺母的阿勒思特斯經雅典那女神袚除免罪，與藹利女斯和解之後，她們轉變為慈惠神女，或稱莊嚴神女，完全變換了性格。亞耳戈思地方左近有三方獻納的浮雕，刻出莊嚴神女的像，她們不再是那悲劇裡可厭惡可恐怖的怨鬼，乃是三個鎮靜的主母似的形象，左手執著花果，即繁殖的記號，右手執蛇，但現在已不是愁苦與報復之象徵，乃只是表示地下，食物與財富之源的地下而已。

哈里孫女士結語中云，在戈耳共與地母上，尤其是在藹利女斯上，我們看出淨化的進行，我們目睹希臘精神避開了恐怖與憤怒而轉向和平與友愛，希臘的禮拜者廢除了驅除的儀式而採取侍奉的自由。羅斯金又評論希臘人說，他們心裡沒有畏懼，只是憂鬱，驚愕，時有極深的哀愁與寂寞，但是決無恐怖。這樣看來，希臘人的愛美並不是簡單的事，這與驅除恐怖相連結，影響於後世者極巨，很值得我們的注意。這裡語焉不詳，深不自滿，只是表示野人獻芹之意，芹只一二根，又或苦口，更增惶恐矣。

此次因見日譯《古代希臘文學史》出版，稍有感想，便拉雜寫了下來。大意只是覺得古希臘的探討對於中國學藝界甚有用處，希望其漸益發達，原典翻譯固然很好，但評論參考用書之編譯似尤為簡捷切要，只須選擇得宜，西歐不乏佳籍，可供學子之利用，亦是事半而功倍。大抵此種工作語學固是必要，而對於希臘事情之愛好與理解亦是緊要的事，否則選擇既不容易，又出力不討好，難得耐寂寞寫下去也。

民國甲申，五月末日。

我的雜學

一

小時候讀《儒林外史》，後來多還記得，特別是關於批評馬二先生的話。第四十九回高翰林說：

「若是不知道揣摩，就是聖人也是不中的。那馬先生講了半生，講的都是些不中的舉業。」又第十八回舉人衛體善衛先生說：

「他終日講的是雜學。聽見他雜覽倒是好的，於文章的理法他全然不知，一味亂鬧，好墨卷也被他批壞了。」

這裡所謂文章是說八股文，雜學是普通詩文，馬二先生的事情本來與我水米無干，但是我看了總有所感，彷彿覺得這正是說著我似的。

我平常沒有一種專門的職業，就只喜歡涉獵閒書，這豈不便是道地的雜學，而且又是不中的舉業，大概這一點是無可疑的。我自己所寫的東西好壞自知，可是聽到世間的是非褒貶，往往不盡相符，有針小棒大之感，覺得有點奇怪，到後來卻也明白了。人家不滿意，本是極當然的，因為講的是不中的舉業，不知道揣摩，雖聖人也沒有用，何況我輩凡人。

至於說好的，自然要感謝，其實也何嘗真有什麼長處，至多是不大說誑，以及多本於常識而已。假如這常識可以算是長處，那麼這正是雜覽應有的結果，也是當然的事，我們斷章取義的借用衛先生的話來說，所謂雜覽到是好的也。這裡我想把自己的雜學簡要的記錄一點下來，並不是什麼敝帚自珍，實在也只當作一種讀書的回想云爾。

民國甲申四月末日。

二

日本舊書店的招牌上多寫著和漢洋書籍云云，這固然是店鋪裡所有的貨色，大抵讀書人所看的也不出這範圍，所以可以說是很能概括的了。現在也就仿照這個意思，從漢文講起頭來。我開始學漢文，還是在甲午以前，距今已是五十餘年，其時讀書蓋專為應科舉的準備，終日念四書五經以備作八股文，中午習字，傍晚對課以備作試帖詩而已。

魯迅在辛亥曾戲作小說，假定篇名曰「懷舊」，其中略述書房情狀，先生講《論語》志於學章，教屬對，題曰紅花，對青桐不協，先生代對曰綠草，又曰，紅平聲，花平聲，綠入聲，草上聲，則教以辨四聲也。此種事情本甚尋常，唯及今提及，已少有知者，故亦不失為值得記錄的好資料。

我的運氣是，在書房裡這種書沒有讀透。我記得在十一歲時還在讀上中，即是《中庸》的上半卷，後來陸續將經書勉強讀畢，八股文湊得起三四百字，可是考不上一個秀才，成績可想而知。語云，禍兮福所倚。舉業文沒有弄成功，但我因此認得了好些漢字，慢慢的能夠看書，能夠寫文章，就是說把漢文卻是讀通了。

漢文讀通極是普通，或者可以說在中國人正是當然的事，不過這如從舉業文中轉過身來，他會附隨著兩種臭味，一是道學家氣，一是八大家氣，這都是我所不大喜歡的。本來道學這東西沒有什麼不好，但發現在人間便是道學家，往往假多真少，世間早有定評，我也多所見聞，自然無甚好感。家中舊有一部浙江官書局刻方東樹的《漢學商兌》，讀了很是不愉快，雖然並不因此被激到漢學裡去，對於宋學卻起了反感，覺得這麼度量褊窄，性情苛刻，就是真道學也有何可貴，倒還是不去學他好。

還有一層，我總覺得清朝之講宋學，是與科舉有密切關係的，讀書人標榜道學作為求富貴的手段，與跪拜頌揚等等形式不同而作用則一。這些恐怕都是個人的偏見也未可知，總之這樣使我脫離了一頭羈絆，於後來對於好些事情的思索上有不少的好處。

八大家的古文在我感覺也是八股文的長親，其所以為世人所珍重的最大理由我想即在於此。我沒有在書房學過念古文，所以搖頭朗誦像唱戲似的那種本領我是不會的，最初只自看《古文析義》，事隔多年幾乎全都忘了，近日拿出安越堂平氏校本《古文觀止》來看，明瞭的感覺唐以後文之不行，這樣說雖有似明七子的口氣，但是事實無可如何。

韓柳的文章至少在選本裡所收的，都是些《宦鄉要則》裡的資料，士子做策論，官幕辦章奏書啟，是很有用的，以文學論不知道好處在那裡。念起來聲調好，那是實在的事，但是我想這正是屬於八股文一類的證據吧。

讀前六卷的所謂周秦文以至漢文，總是華實兼具，態度也安詳沉著，沒有那種奔競躁進氣，此蓋為科舉制度時代所特有，韓柳文勃興於唐，盛行至於今日，即以此故，此又一段落也。不佞因為書房教育受得不充分，所以這一關也逃過了，至今想起來還覺得很僥倖，假如我學了八大家文來講道學，那是道地的正統了，這篇談雜學的小文也就無從寫起了。

三

我學國文的經驗，在十八九年前曾經寫了一篇小文，約略說過。中有云，經可以算讀得也不少了，雖然也不能算多，但是我總不會寫，也看不懂書，至於禮教的精義尤其茫然，乾脆一句話，以前所讀的書於我無甚益處，後來的能夠略寫文字，及養成一種道德觀念，乃是全從別的方面來的。

關於道德思想將來再說，現在只說讀書，即是看了紙上的文字懂得所表現的意思，這種本領是怎麼學來的呢。簡單的說，這是從小說看來的。大概在十三至十五歲，讀了不少的小說，好的壞的都有，這樣便學會了看書。由

《鏡花緣》，《儒林外史》，《西遊記》，《水滸傳》等漸至《三國演義》，轉到《聊齋志異》，這是從白話轉入文言的徑路。

教我懂文言，並略知文言的趣味者，實在是這《聊齋》，並非什麼經書或是《古文析義》之流。《聊齋志異》之後，自然是那些《夜談隨錄》，《淞隱漫錄》等的假《聊齋》，一變而轉入《閱微草堂筆記》，這樣，舊派文言小說的兩派都已經入門，便自然而然的跑到唐代叢書裡邊去了。

這種經驗大約也頗普通，嘉慶時人鄭守庭的《燕窗閒話》中也有相似的記錄，其一節云，「予少時讀書易於解悟，乃自旁門入。憶十歲隨祖母祝壽於西鄉顧宅，陰雨兼旬，幾上有《列國志》一部，翻閱之，解僅數語，閱三四本後解者漸多，復從頭翻閱，解者大半。歸家後即借說部之易解者閱之，解有八九。除夕侍祖母守歲，竟夕閱《封神傳》半部，《三國志》半部，所有細評無暇詳覽也。後讀《左傳》，其事蹟已知，但於字句有不明者，講說時盡心諦聽，由是閱他書益易解矣。」

不過我自己的經歷不但使我瞭解文義，而且還指引我讀書的方向，所以關係也就更大了。

唐代叢書因為板子都欠佳，至今未曾買好一部，我對於他卻頗有好感，裡邊有幾種書還是記得，我的雜覽可以說是從那裡起頭的。

小時候看見過的書，雖本是偶然的事，往往留下很深的印象，發生很大的影響。《爾雅音圖》，《毛詩品物圖考》，《毛詩草木疏》，《花鏡》，《篤素堂外集》，《金石存》，《剡錄》，這些書大抵並非精本，有的還是石印，但是至今記得，後來都搜得收存，興味也仍存在。

說是幼年的書全有如此力量麼，也並不見得，可知這裡原是也有別擇的。《聊齋》與《閱微草堂》是引導我讀古文的書，可是後來對於前者我不喜歡他的詞章，對於後者討嫌他的義理，大有得魚忘筌之意。

唐代叢書是雜學入門的課本，現在卻亦不能舉出若干心喜的書名，或者上邊所說《爾雅音圖》各書可以充數，這本不在叢書中，但如說是以從唐代叢書養成的讀書興味，在叢書之外別擇出來的中意的書，這說法也是可以的吧。

這個非正宗的別擇法一直維持下來，成為我搜書看書的準則。這大要有八類。一是關於《詩經》《論語》之類。二是小學書，即《說文》《爾雅》《方言》之類。三是文化史料類，非志書的地志，特別是關於歲時風土物產者，如《夢憶》，《清嘉錄》，又關於亂事如《思痛記》，關於倡優如《板橋雜記》等。四是年譜日記遊記家訓尺牘類，最著的例如《顏氏家訓》，《入蜀記》等。五是博物書類，即《農書》《本草》，《詩疏》《爾雅》各本亦與此有關係。六是筆記類，範圍甚廣，子部雜家大部分在內。

七是佛經之一部，特別是舊譯《譬喻》《因緣》《本生》各經，大小乘戒律，代表的語錄。八是鄉賢著作。我以前常說看閒書代紙煙，這是一句半真半假的話，我說閒書，是對於新舊各式的八股文而言，世間尊重八股是正經文章，那麼我這些當然是閒書罷了，我順應世人這樣客氣的說，其實在我看來原都是很重要極嚴肅的東西。

重複的說一句，我的讀書是非正統的。因此常為世人所嫌憎，但是自己相信其所以有意義處亦在於此。

四

古典文學中我很喜歡《詩經》，但老實說也只以國風為主，小雅但有一部分耳。說詩不一定固守《小序》或《集傳》，平常適用的好本子卻難得，有早印的掃葉山莊陳氏本《詩毛氏傳疏》，覺得很可喜，時常拿出來翻看。陶淵明詩向來喜歡，文不多而均極佳，安化陶氏本最便用，雖然兩種刊板都欠精善。此外的詩以及詞曲，也常翻讀，但是我知道不懂得詩，所以不大敢多看，多說。駢文也頗愛好，雖然能否比詩多懂得原是疑問，閔孫隘庵的《六朝麗指》卻很多同感，仍不敢貪多，《六朝文絜》及黎氏箋注常備在座右而已。伍紹棠跋《南北朝文鈔》云，南北朝人所著書多以駢儷行之，亦均質雅可誦。此語真實，唯諸書中我所喜者為《洛陽伽藍記》，《顏氏家訓》，此他雖皆是篇章之珠澤，文采之鄧林，如《文心雕龍》與《水經注》，終苦其太專門，不宜於閒看也。

以上就唐以前書舉幾個例，表明個人的偏好，大抵於文字之外看重所表現的氣象與性情，自從韓愈文起八代之衰以後，便沒有這種文字，加以科舉的影響，後來即使有佳作，也總是質地薄，分量輕，顯得是病後的體質了。

至於思想方面，我所受的影響又是別有來源的。籠統的說一句，我自己承認是屬於儒家思想的，不過這儒家的名稱是我所自定，內容的解說恐怕與一般的意見很有些不同的地方。我想中國人的思想是重在適當的做人，在儒家講仁與中庸正與之相同，用這名稱似無不合，其實這正因為孔子是中國人，所以如此，並不是孔子設教傳道，中國人乃始變為儒教徒也。

儒家最重的是仁，但是智與勇二者也很重要，特別是在後世儒生成為道士化，禪和子化，差役化，思想混亂的時候，須要智以辨別，勇以決斷，才能截斷眾流，站立得住。這一種人在中國卻不易找到，因為這與君師的正統思想往往不合，立於很不利的地位，雖然對於國家與民族的前途有極大的價值。

上下古今自漢至於清代，我找到了三個人，這便是王充，李贄，俞正燮，是也。王仲任的疾虛妄的精神，最顯著的表現在《論衡》上，其實別的兩人也是一樣，李卓吾在《焚書》與《初潭集》，俞理初在《癸巳類稿》《存稿》上所表示的正是同一的精神。他們未嘗不知道多說真話的危險，只因通達物理人情，對於世間許多事情的錯誤不實看得太清楚，忍不住要說，結果是不討好，卻也不在乎，這種愛真理的態度是最可寶貴，學術思想的前進就靠此力量，只可惜在中國歷史上不大多見耳。

我嘗稱他們為中國思想界之三盞燈火，雖然很是遼遠微弱，在後人卻是貴重的引路的標識。太史公曰，高山仰止，景行行止，雖不能至，然心嚮往之。對於這幾位先賢我也正是如此，學是學不到，但疾虛妄，重情理，總作為我們的理想，隨時注意，不敢不勉。

古今筆記所見不少，披沙揀金，千不得一，不足言勞，但苦寂寞。民國以來號稱思想革命，而實亦殊少成績，所知者唯蔡孑民錢玄同二先生可當其選，但多未著之筆墨，清言既絕，亦復無可徵考，所可痛惜也。

五

我學外國文，一直很遲，所以沒有能夠學好，大抵只可看看書而已。光緒辛丑進江南水師學堂當學生，才開始學英文，其時年已十八，至丙午被派往日本留學，不得不再學日本文，則又在五年後矣。

我們學英文的目的為的是讀一般理化及機器書籍，所用課本最初是《華英初階》以至《進階》，參考書是考貝紙印的《華英字典》，其幼稚可想，此外西文還有什麼可看的書全不知道，許多前輩同學畢業後把這幾本舊書拋棄淨盡，雖然英語不離嘴邊，再也不一看橫行的書本，正是不足怪的事。

我的運氣是同時愛看新小說，因了林氏譯本知道外國有司各得哈葛德這些人，其所著書新奇可喜，後來到東京又見西書易得，起手買一點來看，從這裡得到了不少的益處。

不過我所讀的卻並不是英文學，只是借了這文字的媒介雜亂的讀些書，其一部分是歐洲弱小民族的文學。當時日本有長谷川二葉亭與昇曙夢專譯俄國作品，馬場孤蝶多介紹大陸文學，我們特別感到興趣，一面又因《民報》在東京發刊，中國革命運動正在發達，我們也受了民族思想的影響，對於所謂被損害與侮辱的國民的文學更比強國的表示尊重與親近。

這裡邊，波蘭，芬蘭，匈加利，新希臘等最是重要，俄國其時也正在反抗專制，雖非弱小而亦被列入。那時影響至今尚有留存的，即是我的對於幾個作家的愛好，俄國的果戈理與伽爾洵，波蘭的顯克威支，雖然有時可以十年不讀，但心裡還是永不忘記，陀思妥也夫斯奇也極是佩服，可是有點敬畏，向來不敢輕易翻動，也就較為疏遠了。

摩斐耳的《斯拉夫文學小史》，克羅巴金的《俄國文學史》，勃蘭特思的《波蘭印象記》，賴息的《匈加利文學史論》，這些都是四五十年前的舊書，於我卻是很有情分，回想當日讀書的感激歷歷如昨日，給予我的好處亦終未亡失。只可惜我未曾充分利用，小說前後譯出三十幾篇，收在兩種短篇集內，史傳批評則多止讀過獨自怡悅耳。

但是這也總之不是徒勞的事，民國六年來到北京大學，被命講授歐洲文學史，就把這些拿來做底子，而這以後七八年間的教書，督促我反覆的查考文學史料，這又給我做了一種訓練。我最初只是關於古希臘與十九世紀歐洲文學的一部分有點知識，後來因為要教書編講義，其他部分須得設法補充，所以起頭這兩年雖然只擔任六小時功課，卻真是日不暇給，查書寫稿之外幾乎沒有別的事情可做，可是結果並不滿意，講義印出了一本，十九世紀這一本終於不曾付印，這門功課在幾年之後也停止了。

凡文學史都不好講，何況是歐洲的，那幾年我知道自誤誤人的確不淺，早早中止還是好的，至於我自己實在卻仍得著好處，蓋因此勉強讀過多少書本，獲得一般文學史的常識，至今還是有用，有如教練兵操，本意在上陣，後雖不用，而此種操練所餘留的對於體質與精神的影響則固長存在，有時亦覺得頗可感謝者也。

六

從西文書中得來的知識，此外還有希臘神話。說也奇怪，我在學校裡學過幾年希臘文，近來翻譯亞坡羅陀洛思的神話集，覺得這是自己的主要工作之一，可是最初之認識與理解希臘神話卻是全從英文的著書來的。我到東京的那年，買得該萊的《英文學中之古典神話》，隨後又得到安特路朗的兩本《神話儀式與宗教》，這樣便使我與神話發生了關係。

當初聽說要懂西洋文學須得知道一點希臘神話，所以去找一兩種參考書來看，後來對於神話本身有了興趣，便又去別方面尋找，於是在神話集這面有了亞坡羅陀洛思的原典，福克斯與洛士各人的專著，論考方面有哈里孫女士的《希臘神話論》以及宗教各書，安特路朗的則是神話之人類學派的解說，我又從這裡引起對於文化人類學的趣味來的。

世間都說古希臘有美的神話，這自然是事實，只須一讀就會知道，但是其所以如此又自有其理由，這說起來更有意義。古代埃及與印度也有特殊的神話，其神道多是鳥頭牛首，或者是三頭六臂，形狀可怕，事蹟亦多怪異，始終沒有脫出宗教的區域，與藝術有一層的間隔。

希臘的神話起源本亦相同，而逐漸轉變，因為如哈里孫女士所說，希臘民族不是受祭司支配而是受詩人支配的，結果便由他們把那些都修造成為美的影像了。「這是希臘的美術家與詩人的職務，來洗除宗教中的恐怖分子，這是我們對於希臘的神話作者的最大的負債。」

我們中國人雖然以前對於希臘不曾負有這項債務，現在卻該奮發去分一點過來，因為這種希臘精神即使不能起死回生，也有返老還童的力量，在歐洲文化史上顯然可見，對於現今的中國，因了多年的專制與科舉的重壓，人心裡充滿著醜惡與恐怖而日就萎靡，這種一陣清風似的祓除力是不可少，也是大有益的。

我從哈里孫女士的著書得悉希臘神話的意義，實為大幸，只恨未能盡力紹介，亞坡羅陀洛思的書本文譯畢，注釋恐有三倍的多，至今未曾續寫，此外還該有一冊通俗的故事，自己不能寫，翻譯更是不易。

勞斯博士於一九三四年著有《希臘的神與英雄與人》，他本來是古典學者，文章寫得很有風趣，在一八九七年譯過《新希臘小說集》，序文名曰「在希臘諸島」，對於古舊的民間習俗頗有理解，可以算是最適任的作者了，但是我不知怎的覺得這總是基督教國人寫的書，特別是在通俗的為兒童用的，這與專門書不同，未免有點不相宜，未能決心去譯他，只好且放下。

我並不一定以希臘的多神教為好，卻總以為他的改教可惜，假如希臘能像中國日本那樣，保存舊有的宗教道德，隨時必要的加進些新分子，有如佛教基督教之在東方，調和的發展下去，豈不更有意思。不過已經過去的事是沒有辦法了，照現在的事情來說，在本國還留下些生活的傳統，劫餘的學問藝文在外國甚被寶重，一直研究傳播下來，總是很好的了。我們想要討教，不得不由基督教國去轉手，想來未免有點彆扭，但是為希臘與中國再一計量，現在得能如此也已經是可幸的事了。

七

安特路朗是個多方面的學者文人，他的著書很多，我只有其中的文學史及評論類，古典翻譯介紹類，童話兒歌研究類，最重要的是神話學類，此外也有些雜文，但是如《垂釣漫錄》以及詩集卻終於未曾收羅。

這裡邊於我影響最多的是神話學類中之《習俗與神話》，《神話儀式與宗教》這兩部書，因為我由此知道神話的正當解釋，傳說與童話的研究也於是有了門路了。

十九世紀中間歐洲學者以言語之病解釋神話，可是這裡有個疑問，假如亞利安族神話起源由於亞利安族言語之病，那麼這是很奇怪的，為什麼在非亞利安族言語通行的地方也會有相像的神話存在呢。在語言系統不同的民族裡都有類似的神話傳說，說這神話的起源都由於言語的傳訛，這在事實上是不可能的。言語學派的方法既不能解釋神話裡的荒唐不合理的事件，人類學派乃代之而興，以類似的心理狀態發生類似的行為為解說，大抵可以得到合理的解決。

這最初稱之曰民俗學的方法，在《習俗與神話》中曾有說明，其方法是，如在一國見有顯是荒唐怪異的習俗，要去找到別一國，在那裡也有類似的習俗，但是在那裡不特並不荒唐怪異，卻正與那人民的禮儀思想相合。對於古希臘神話也是用同樣的方法，取別民族類似的故事來做比較，以現在尚有存留的信仰推測古時已經遺忘的意思，大旨可以明瞭，蓋古希臘人與今時某種土人其心理狀態有類似之處，即由此可得到類似的神話傳說之意義也。《神話儀式與宗教》第三章以下論野蠻人的心理狀態，約舉其特點有五，即一萬物同等，均有生命與知識，二信法術，三信鬼魂，四好奇，五輕信。根據這裡的解說，我們已不難瞭解神話傳說以及童話的意思，但這只是入門，使我更知道得詳細一點的，還靠了別的兩種書，即是哈忒蘭的《童話之科學》與麥扣洛克的《小說之童年》。

《童話之科學》第二章論野蠻人思想，差不多大意相同，全書分五目九章詳細敘說，《小說之童年》副題即云「民間故事與原始思想之研究」，分四類十四目，更為詳盡，雖出版於一九〇五年，卻還是此類書中之白眉，夷亞斯萊在二十年後著《童話之民俗學》，亦仍不能超出其範圍也。

神話與傳說童話元出一本，隨時轉化，其一是宗教的，其二則是史地類，其三屬於藝文，性質稍有不同，而其解釋還是一樣，所以能讀神話而遂通童話，正是極自然的事。麥扣洛克稱其書曰「小說之童年」，即以民間故事為初民之小說，猶之朗氏謂說明的神話是野蠻人的科學，說的很有道理。

我們看這些故事，未免因了考據癖要考察其意義，但同時也當作藝術品看待，得到好些悅樂。這樣我就又去搜尋各種童話，不過這裡的目的還是偏重在後者，雖然知道野蠻民族的也有價值，所收的卻多是歐亞諸國，自然也以少見為貴，如土耳其，哥薩克，俄國等。法國貝洛耳，德國格林兄弟所編的故事集，是權威的著作，我所有的又都有安特路朗的長篇引論，很是有用，但為友人借看，帶到南邊去了，現尚無法索還也。

八

我因了安特路朗的人類學派的解說，不但懂得了神話及其同類的故事，而且也知道了文化人類學，這又稱為社會人類學，雖然本身是一種專門的學問，可是這方面的一點知識於讀書人很是有益，我覺得也是頗有趣味的東西。在英國的祖師是泰勒與拉薄克，所著《原始文明》與《文明之起源》都是有權威的書。

泰勒又有《人類學》，也是一冊很好入門書，雖是一八八一年的初板，近時卻還在翻印，中國廣學會曾經譯出，我於光緒丙午在上海買到一部，不知何故改名為《進化論》，又是用有光紙印的，未免可惜，後來恐怕也早絕板了。但是於我最有影響的還是那《金枝》的有名的著者茀來若博士。

社會人類學是專研究禮教習俗這一類的學問，據他說研究有兩方面，其一是野蠻人的風俗思想，其二是文明國的民俗，蓋現代文明國的民俗大都即是古代蠻風之遺留，也即是現今野蠻風俗的變相，因為大多數的文明衣冠的人物在心裡還依舊是個野蠻。因此這比神話學用處更大，他所講的包括神話在內，卻更是廣大，有些我們平常最不可解的神聖或猥褻的事項，經那麼一說明，神秘的面幕倏爾落下，我們懂得了時不禁微笑，這是同情的理解，可是威嚴的壓迫也就解消了。

這於我們是很好很有益的，雖然於假道學的傳統未免要有點不利，但是此種學問在以偽善著稱的西國發達，未見有何窒礙，所以在我們中庸的國民中間，能夠多被接受本來是極應該的吧。

茀來若的著作除《金枝》這一流的大部著書五部之外，還有若干種的單冊及雜文集，他雖非文人而文章寫得很好，這頗像安特路朗，對於我們非專門家而想讀他的書的人是很大的一個便利。

他有一冊《普須該的工作》，是四篇講義專講迷信的，覺得很有意思，後來改名曰《魔鬼的辯護》，日本已有譯本在岩波文庫中，仍用他的原名，又其《金枝》節本亦已分冊譯出。茀來若夫人所編《金枝上的葉子》又是一冊啟蒙讀本，讀來可喜又復有益，我在《夜讀抄》中寫過一篇介紹，卻終未能翻譯，這於今也已是十年前事了。

此外還有一位原籍芬蘭而寄居英國的威思忒瑪克教授，他的大著《道德觀念起源發達史》兩冊，於我影響也很深。茀來若在《金枝》第二分序言中曾說明各民族的道德與法律均常在變動，不必說異地異族，就是同地同族的人，今昔異時，其道德觀念與行為亦遂不同。威思忒瑪克的書便是闡明這道德的流動的專著，使我們確實明瞭的知道了道德的真相，雖然因此不免打碎了些五色玻璃似的假道學的擺設，但是為生與生生而有的道德的本義則如一塊水晶，總是明澈的看得清楚了。

我寫文章往往牽引到道德上去，這些書的影響可以說是原因之一部分，雖然其基本部分還是中國的與我自己的。威思忒瑪克的專門巨著還有一部《人類婚姻史》，我所有的只是一冊小史，又六便士叢書中有一種曰「結婚」，只是八十頁的小冊子，卻很得要領。同叢書中也有哈里孫女士的一冊

《希臘羅馬神話》，大抵即根據《希臘神話論》所改寫者也。

九

我對於人類學稍有一點興味，這原因並不是為學，大抵只是為人，而這人的事情也原是以文化之起源與發達為主。但是人在自然中的地位，如嚴幾道古雅的譯語所云化中人位，我們也是很想知道的，那麼這條路略一拐彎便又一直引到進化論與生物學那邊去了。

關於生物學我完全只是亂翻書的程度，說得好一點也就是涉獵，據自己估價不過是受普通教育過的學生應有的知識，此外加上多少從雜覽來的零碎資料而已。但是我對於這一方面的愛好，說起來原因很遠，並非單純的為了化中人位的問題而引起的。

我在上文提及，以前也寫過幾篇文章講到，我所喜歡的舊書中有一部分是關於自然名物的，如《毛詩草木疏》及《廣要》，《毛詩品物圖考》，《爾雅音圖》及郝氏《義疏》，汪曰楨《湖雅》，《本草綱目》，《野菜譜》，《花鏡》，《百廿蟲吟》等。

照時代來說，除《毛詩》《爾雅》諸圖外最早看見的是《花鏡》，距今已將五十年了，愛好之心卻始終未變，在康熙原刊之外還買了一部日本翻本，至今也仍時時拿出來看。看《花鏡》的趣味，既不為的種花，亦不足為作文的參考，在現今說與人聽，是不容易領解，更不必說同感的了。

因為最初有這種興趣，後來所以牽連開去，應用在思想問題上面，否則即使為得要瞭解化中人位，生物學知識很是重要，卻也覺得麻煩，懶得去動手了吧。

外國方面認得懷德的博物學的通信集最早，就是世間熟知的所謂「色耳彭的自然史」，此書初次出版還在清乾隆五十四年，至今重印不絕，成為英國古典中唯一的一冊博物書。但是近代的書自然更能供給我們新的知識，於目下的問題也更有關係，這裡可以舉出湯木孫與法勃耳二人來，因為他們於學問之外都能寫得很好的文章，這於外行的讀者是頗有益處的。

湯木孫的英文書收了幾種，法勃耳的《昆蟲記》只有全集日譯三種，英譯分類本七八冊而已。我在民國八年寫過一篇《祖先崇拜》，其中曾云，我不信世上有一部經典，可以千百年來當人類的教訓的，只有記載生物的生活現象的比阿洛支，才可供我們參考，定人類行為的標準。這也可以翻過來說，經典之可以作教訓者，因其合於物理人情，即是由生物學通過之人生哲學，故可貴也。

我們聽法勃耳講昆蟲的本能之奇異，不禁感到驚奇，但亦由此可知焦理堂言生與生生之理，聖人不易，而人道最高的仁亦即從此出。再讀湯木孫談落葉的文章，每片樹葉在將落之前，必先將所有糖分葉綠等貴重成分退還給樹身，落在地上又經蚯蚓運入土中，化成植物性壤土，以供後代之用，在這自然的經濟裡可以看出別的意義，這便是樹葉的忠藎，假如你要談教訓的話。《論語》裡有小子何莫學夫詩一章，我很是喜歡，現在倒過來說，多識於鳥獸草木之名，可以興，可以觀，可以群，可以怨，邇之事父，遠之事君，覺得也有新的意義，而且與事理也相合，不過事君或當讀作盡力國事而已。說到這裡話似乎有點硬化了，其實這只是推到極端去說，若是平常我也還只是當閒書看，派克洛夫忒所著的《動物之求婚》與《動物之幼年》二書，我也覺得很有意思，雖然並不一定要去尋求什麼教訓。

十

民國十六年春間我在一篇小文中曾說，我所想知道一點的都是關於野蠻人的事，一是古野蠻，二是小野蠻，三是文明的野蠻。一與三是屬於文化人類學的，上文約略說及，這其二所謂小野蠻乃是兒童，因為照進化論講來，人類的個體發生原來和系統發生的程序相同，胚胎時代經過生物進化的歷程，兒童時代又經過文明發達的歷程，所以幼稚這一段落正是人生之蠻荒時期，我們對於兒童學的有些興趣這問題，差不多可以說是從人類學連續下來的。

自然大人對於小兒本有天然的情愛，有時很是痛切，日本文中有兒煩惱一語，最有意味，《莊子》又說聖王用心，嘉孺子而哀婦人，可知無間高下人同此心，不過於這主觀的慈愛之上又加以客觀的瞭解，因而成立兒童學這一部門，乃是極後起的事，已在十九世紀的後半了。

我在東京的時候得到高島平三郎編《歌詠兒童的文學》及所著《兒童研究》，才對於這方面感到興趣，其時兒童學在日本也剛開始發達，斯丹萊賀耳博士在西洋為斯學之祖師，所以後來參考的書多是英文的，塞來的《兒童時期之研究》雖已是古舊的書，我卻很是珍重，至今還時常想起。

以前的人對於兒童多不能正當理解，不是將他當作小形的成人，期望他少年老成，便將他看作不完全的小人，說小孩懂得什麼，一筆抹殺，不去理他。現在才知道兒童在生理心理上雖然和大人有點不同，但他仍是完全的個人，有他自己內外兩面的生活。這是我們從兒童學所得來的一點常識，假如要說救救孩子大概都應以此為出發點的，自己慚愧於經濟政治等無甚知識，正如講到婦女問題時一樣，未敢多說，這裡與我有關係的還只是兒童教育裡一部分，即是童話與兒歌。

在二十多年前我寫過一篇《兒童的文學》，引用外國學者的主張，說兒童應該讀文學的作品，不可單讀那些商人們編撰的讀本，念完了讀本，雖然認識了字，卻不會讀書，因為沒有讀書的趣味。幼小的兒童不能懂名人的詩文，可以讀童話，唱兒歌，此即是兒童的文學。正如在《小說之童年》中所說，傳說故事是文化幼稚時期的小說，為古人所喜歡，為現時野蠻民族與鄉下人所喜歡，因此也為小孩們所喜歡，是他們共通的文學，這是確實無疑的了。

這樣話又說了回來，回到當初所說的小野蠻的問題上面，本來是我所想要知道的事情，覺得去費點心稍為查考也是值得的。我在這裡至多也只把小朋友比做紅印度人，記得在賀耳派的論文中，有人說小孩害怕毛茸茸的東西和大眼睛，這是因為森林生活時恐怖之遺留，似乎說的新鮮可喜，又有人說，小孩愛弄水乃是水棲生活的遺習，卻不知道究竟如何了。

茀洛伊特的心理分析應用於兒童心理，頗有成就，曾讀瑞士波都安所著書，有些地方覺得很有意義，說明希臘腫足王的神話最為確實，蓋此神話向稱難解，如依人類學派的方法亦未能解釋清楚者也。

十一

性的心理，這於我益處很大，我平時提及總是不惜表示感謝的。從前在論自己的文章一文中曾云：

「我的道德觀恐怕還當說是儒家的，但左右的道與法兩家也都有點參合在內，外邊又加了些現代科學常識，如生物學人類學以及性的心理，而這末一點在我更為重要。古人有面壁悟道的，或是看蛇鬥蛙跳懂得寫字的道理，我卻從妖精打架上想出道德來，恐不免為傻大姐所竊笑吧。」

本來中國的思想在這方面是健全的，如《禮記》上說，飲食男女，人之大欲存焉。又《莊子》設為堯舜問答，嘉孺子而哀婦人，為聖王之所用心，氣象很是博大。但是後來文人墮落，漸益不成話說，我曾武斷的評定，只要看他關於女人或佛教的意見，如通順無疵，才可以算作甄別及格，可是這是多麼不容易呀。

近四百年中也有過李贄、王文祿、俞正燮諸人，能說幾句合於情理的話，卻終不能為社會所容認，俞君生於近世，運氣較好，不大挨罵，李越縵只嘲笑他說，頗好為婦人出脫，語皆偏譎，似謝夫人所謂出於周姥者。這種出於周姥似的意見實在卻極是難得，榮啟期生為男子身，但自以為幸耳，若能知哀婦人而為之代言，則已得聖王之心傳，其賢當不下於周公矣。

我輩生在現代的民國，得以自由接受性心理的新知識，好像是拿來一節新樹枝接在原有思想的老幹上去，希望能夠使他強化，自然發達起來，這個前途遼遠一時未可預知，但於我個人總是覺得頗受其益的。這主要的著作當然是藹理斯的《性的心理研究》。此書第一冊在一八九八年出版，至一九一〇年出第六冊，算是全書完成了，一九二八年續刊第七冊，彷彿是補遺的性質。一九三三年即民國二十二年，藹理斯又刊行了一冊簡本《性的心理》，為現代思想的新方面叢書之一，其時著者蓋已是七十四歲了。我學了英文，既不讀沙士比亞，不見得有什麼用處，但是可以讀藹理斯的原著，這時候我才覺得，當時在南京那幾年洋文講堂的功課可以算是並不白費了。

性的心理給予我們許多事實與理論，這在別的性學大家如福勒耳，勃洛赫，鮑耶爾，凡特威耳特諸人的書裡也可以得到，可是那從明淨的觀照出來的意見與論斷，卻不是別處所有，我所特別心服者就在於此。

從前在《夜讀抄》中曾經舉例，敘說藹理斯的意見，以為性欲的事情有些無論怎麼異常以至可厭惡，都無責難或干涉的必要，除了兩種情形以外，一是關係醫學，一是關係法律的。這就是說，假如這異常的行為要損害他自己的健康，那麼他需要醫藥或精神治療的處置，其次假如這要損及對方的健康或權利，那麼法律就應加以干涉。

這種意見我覺得極有道理，既不保守，也不急進，據我看來還是很有點合於中庸的吧。說到中庸，那麼這頗與中國接近，我真相信如中國保持本有之思想的健全性，則對於此類意思理解自至容易，就是我們現在也正還托這庇蔭，希望思想不至於太烏煙瘴氣化也。

十二

藹理斯的思想我說他是中庸，這並非無稽，大抵可以說得過去，因為西洋也本有中庸思想，即在希臘，不過中庸稱為有節，原意云康健心，反面為過度，原意云狂恣。藹理斯的文章裡多有這種表示，如《論聖芳濟》中云，有人以禁欲或耽溺為其生活之唯一目的者，其人將在尚未生活之前早已死了。又云，生活之藝術，其方法只在於微妙地混和取與捨二者而已。《性的心理》第六冊末尾有一篇跋文，最後的兩節云：

「我很明白有許多人對於我的評論意見不大能夠接受，特別是在末冊裡所表示的。有些人將以我的意見為太保守，有些人以為太偏激。世上總常有人很熱心的想攀住過去，也常有人熱心的想攫得他們所想像的未來。但是明智的人站在二者之間，能同情於他們，卻知道我們是永遠在於過渡時代。

「在無論何時，現在只是一個交點，為過去與未來相遇之處，我們對於二者都不能有何怨懟。不能有世界而無傳統，亦不能有生命而無活動。正如赫拉克萊多思在現代哲學的初期所說，我們不能在同一川流中入浴二次，雖然如我們在今日所知，川流仍是不息的回流著。沒有一刻無新的晨光在地上，也沒有一刻不見日沒。最好是閒靜的招呼那熹微的晨光，不必忙亂的奔上前去，也不要對於落日忘記感謝那曾為晨光之垂死的光明。

「在道德的世界上，我們自己是那光明使者，那宇宙的歷程即實現在我們身上。在一個短時間內，如我們願意，我們可以用了光明去照我們路程的周圍的黑暗。正如在古代火把競走——這在路克勒丟思看來似是一切生活的象徵——裡一樣，我們手持火把，沿著道路奔向前去。不久就會有人從後面來，追上我們。我們所有的技巧便在怎樣的將那光明固定的炬火遞在他手內，那時我們自己就隱沒到黑暗裡去。」

這兩節話我頂喜歡，覺得是一種很好的人生觀，現代叢書本的《新精神》卷首，即以此為題詞，我時常引用，這回也是第三次了。

藹理斯的專門是醫生，可是他又是思想家，此外又是文學批評家，在這方面也使我們不能忘記他的績業。他於三十歲時刊行《新精神》，中間又有

《斷言》一集，《從盧梭到普魯斯忒》出版時年已七十六，皆是文學思想論集，前後四十餘年而精神如一，其中如論惠忒曼，加沙諾伐，聖芳濟，《尼可拉先生》的著者勒帖夫諸文，獨具見識，都不是在別人的書中所能見到的東西。

我曾說，精密的研究或者也有人能做，但是那樣寬廣的眼光，深厚的思想，實在是極不易再得。事實上當然是因為有了這種精神，所以做得那性心理研究的工作，但我們也希望可以從性心理養成一點好的精神，雖然未免有點我田引水，卻是誠意的願望。由這裡出發去著手於中國婦女問題，正是極好也極難的事，我們小乘的人無此力量，只能守開卷有益之訓，暫以讀書而明理為目的而已。

十三

關於醫學我所有的只是平人的普通常識，但是對於醫學史卻是很有興趣。醫學史現有英文本八冊，覺得勝家博士的最好，日本文三冊，富士川著《日本醫學史》是一部巨著，但是綱要似更為適用，便於閱覽。醫療或是生物的本能，如犬貓之自舐其創是也，但其發展為活人之術，無論是用法術或方劑，總之是人類文化之一特色，雖然與梃刃同是發明，而意義迥殊，中國稱蚩尤作五兵，而神農嘗藥辨性，為人皇，可以見矣。

醫學史上所記便多是這些仁人之用心，不過大小稍有不同，我翻閱二家小史，對於法國巴斯德與日本杉田玄白的事蹟，常不禁感歎，我想假如人類要找一點足以自誇的文明證據，大約只可求之於這方面罷。我在「舊書回想記」裡這樣說過，已是四五年前的事，近日看伊略忒斯密士的《世界之初》，說創始耕種灌溉的人成為最初的王，在他死後便被尊崇為最初的神，還附有五千多年前的埃及石刻畫，表示古聖王在開掘溝渠，又感覺很有意味。

案神農氏在中國正是極好的例，他教民稼穡，又發明醫藥，農固應為神，古語云，不為良相，便為良醫，可知醫之尊，良相云者即是諱言王耳。我常想到巴斯德從啤酒的研究知道了黴菌的傳染，這影響於人類福利者有多麼大，單就外科傷科產科來說，因了消毒的施行，一年中要救助多少人命，以功德論，恐怕十九世紀的帝王將相中沒有人可以及得他來。

有一個時期我真想涉獵到黴菌學史去，因為受到相當大的感激，覺得這與人生及人道有極大的關係，可是終於怕得看不懂，所以沒有決心這樣做。但是這回卻又伸展到反對方面去，對於妖術史發生了不少的關心。

據茂來女士著《西歐的巫教》等書說，所謂妖術即是古代土著宗教之遺留，大抵與古希臘的地母祭相近，只是被後來基督教所壓倒，變成秘密結社，被目為撒但之徒，痛加剿除，這就是中世有名的神聖審問，至十七世紀末才漸停止。這巫教的說明論理是屬於文化人類學的，本來可以不必分別，不過我的注意不是在他本身，卻在於被審問追跡這一段落，所以這裡名稱也就正稱之曰妖術。

那些念佛宿山的老太婆們原來未必有什麼政見，一旦捉去拷問，供得荒唐顛倒，結果坐實她們會得騎掃帚飛行，和宗旨不正的學究同付火刑，真是冤枉的事。我記得中國楊惲以來的文字獄與孔融以來的思想獄，時感恐懼，因此對於西洋的神聖審問也感覺關切，而審問史關係神學問題為多，鄙性少信未能甚解，故轉而截取妖術的一部分，瞭解較為容易。

我的讀書本來是很雜亂的，別的方面或者也還可以料得到，至於妖術恐怕說來有點鶻突，亦未可知，但在我卻是很正經的一件事，也頗費心收羅資料，如散茂士的四大著，即是《妖術史》與《妖術地理》，《殭屍》，《人狼》，均是寒齋的珍本也。

十四

我的雜覽從日本方面得來的也並不少。這大抵是關於日本的事情，至少也以日本為背景，這就是說很有點地方的色彩，與西洋的只是學問關係的稍有不同。有如民俗學本發源於西歐，涉獵神話傳說研究與文化人類學的時候，便碰見好些交叉的處所，現在卻又來提起日本的鄉土研究，並不單因為二者學風稍殊之故，乃是別有理由的。

《鄉土研究》刊行的初期，如南方熊楠那些論文，古今內外的引證，本是舊民俗學的一路，柳田國男氏的主張逐漸確立，成為國民生活之史的研究，名稱亦歸結於民間傳承。我們對於日本感覺興味，想要瞭解他的事情，在文學藝術方面摸索很久之後，覺得事倍功半，必須著手於國民感情生活，才有入處，我以為宗教最是重要，急切不能直入，則先注意於其上下四旁，民間傳承正是絕好的一條路徑。

我常覺得中國人民的感情與思想集中於鬼，日本則集中於神，故欲瞭解中國須得研究禮俗，瞭解日本須得研究宗教。柳田氏著書極富，雖然關於宗教者不多，但如《日本之祭事》一書，給我很多的益處，此外諸書亦均多可作參證。當《遠野物語》出版的時候，我正寄寓在本鄉，跑到發行所去要了一冊，共總刊行三百五十部，我所有的是第二九一號。因為書面上略有墨痕，想要另換一本，書店的人說這是編號的，只能順序出售，這件小事至今還記得清楚。

這與《石神問答》都是明治庚戌年出版，在《鄉土研究》創刊前三年，是柳田氏最早的著作，以前只有一冊《後狩祠記》，終於沒有能夠搜得。對於鄉土研究的學問我始終是外行，知道不到多少，但是柳田氏的學識與文章我很是欽佩，從他的許多著書裡得到不少的利益與悅樂。與這同樣情形的還有日本的民藝運動與柳宗悅氏。

柳氏本係《白樺》同人，最初所寫的多是關於宗教的文章，大部分收集在《宗教與其本質》一冊書內。我本來不大懂宗教的，但柳氏諸文大抵讀過，這不但因為意思誠實，文章樸茂，實在也由於所講的是神秘道即神秘主義，合中世紀基督教與佛道各分子而貫通之，所以雖然是檻外也覺得不無興味。

柳氏又著有《朝鮮與其藝術》一書，其後有集名曰《信與美》，則收輯關於宗教與藝術的論文之合集也。民藝運動約開始於二十年前，在《什器之美》論集與柳氏著《工藝之道》中意思說得最明白，大概與摩理斯的拉飛耳前派主張相似，求美於日常用具，集團的工藝之中，其虔敬的態度前後一致，信與美一語洵足以包括柳氏學問與事業之全貌矣。

民藝博物館於數年前成立，惜未及一觀，但得見圖錄等，已足令人神怡。柳氏著《初期大津繪》，淺井巧著《朝鮮之食案》，為民藝叢書之一，淺井氏又有《朝鮮陶器名匯》，均為寒齋所珍藏之書。又柳氏近著《和紙之美》，中附樣本二十二種，閱之使人對於佳紙增貪惜之念。壽岳文章調查手漉紙工業，得其數種著書，近刊行其《紙漉村旅日記》，則附有樣本百三十四，照相百九十九，可謂大觀矣。

式場隆三郎為精神病院長，而經管民藝博物館與《民藝月刊》，著書數種，最近得其大板隨筆《民藝與生活》之私家板，只印百部，和紙印刷，有芹澤銈介作插畫百五十，以染繪法作成後製板，再一一著色，覺得比本文更耐看。中國的道學家聽之恐要說是玩物喪志，唯在鄙人則固唯有感激也。

十五

我平常有點喜歡地理類的雜地志這一流的書，假如是我比較的住過好久的地方，自然特別注意，例如紹興，北京，東京雖是外國，也算是其一。對於東京與明治時代我彷彿頗有情分，因此略想知道他的人情物色，延長一點便進到江戶與德川幕府時代，不過上邊的戰國時代未免稍遠，那也就夠不到了。最能談講維新前後的事情的要推三田村鳶魚，但是我更喜歡馬場孤蝶的《明治之東京》，只可惜他寫的不很多。

看圖畫自然更有意思，最有藝術及學問的意味的有戶塚正幸，即東東亭主人所編的《江戶之今昔》，福原信三編的《武藏野風物》。前者有圖板百零八枚，大抵為舊東京府下今昔史跡，其中又收有民間用具六十餘點，則兼涉及民藝，後者為日本寫真會會員所合作，以攝取漸將亡失之武藏野及鄉土之風物為課題，共收得照相千點以上，就中選擇編印成集，共一四四枚，有柳田氏序。

描寫武藏野一帶者，國木田獨步德富蘆花以後人很不少，我覺得最有意思的卻是永井荷風的《日和下駄》，曾經讀過好幾遍，翻看這些寫真集時又總不禁想起書裡的話來。再往前去這種資料當然是德川時代的浮世繪，小島烏水的《浮世繪與風景畫》已有專書，廣重有《東海道五十三次》，北齋有《富岳三十六景》等，幾乎世界聞名，我們看看復刻本也就夠有趣味，因為這不但畫出風景，又是特殊的彩色木板畫，與中國的很不相同。

但是浮世繪的重要特色不在風景，乃是在於市井風俗，這一面也是我們所要看的。背景是市井，人物卻多是女人，除了一部分畫優伶面貌的以外，而女人又多以妓女為主，因此講起浮世繪便總容易牽連到吉原遊廓，事實上這二者確有極密切的關係。畫面很是富麗，色彩也很豔美，可是這裡邊常有一抹暗影，或者可以說是東洋色，讀中國的藝與文，以至於道也總有此感，在這畫上自然也更明瞭。

永井荷風著《江戶藝術論》第一章中曾云：

「我反省自己是什麼呢？我非威耳哈倫似的比利時人而是日本人也，生來就和他們的運命及境遇迥異的東洋人也。戀愛的至情不必說了，凡對於異性之性欲的感覺悉視為最大的罪惡，我輩即奉戴此法制者也。承受勝不過啼哭的小孩和地主的教訓之人類也，知道說話則唇寒的國民也。使威耳哈倫感奮的那滴著鮮血的肥羊肉與芳醇的葡萄酒與強壯的婦女之繪畫，都於我有什麼用呢。

「嗚呼，我愛浮世繪。苦海十年為親賣身的遊女的繪姿使我泣。憑倚竹窗茫然看著流水的藝妓的姿態使我喜。賣宵夜面的紙燈寂寞地停留著的河邊的夜景使我醉。雨夜啼月的杜鵑，陣雨中散落的秋天樹葉，落花飄風的鐘聲，途中日暮的山路的雪，凡是無常，無告，無望的，使人無端嗟歎此世只是一夢的，這樣的一切東西，於我都是可親，於我都是可懷。」

這一節話我引用過恐怕不止三次了。我們因為是外國人，感想未必完全與永井氏相同，但一樣有的是東洋人的悲哀，所以於當作風俗畫看之外，也常引起悵然之感，古人聞清歌而喚奈何，豈亦是此意耶。

十六

浮世繪如稱為風俗畫，那麼川柳或者可以稱為風俗詩吧。

說也奇怪，講浮世繪的人後來很是不少了，但是我最初認識浮世繪乃是由於宮武外骨的雜誌《此花》，也因了他而引起對於川柳的興趣來的。

外骨是明治大正時代著述界的一位奇人，發刊過許多定期或單行本，而多與官僚政治及假道學相抵觸，被禁至三十餘次之多。其刊物皆鉛字和紙，木刻插圖，涉及的範圍頗廣，其中如《筆禍史》，《私刑類纂》，《賭博史》，《猥褻風俗史》等，《笑的女人》一名「賣春婦異名集」，《川柳語彙》，都很別致，也甚有意義。

《此花》是專門與其說研究不如說介紹浮世繪的月刊，繼續出了兩年，又編刻了好些畫集，其後同樣的介紹川柳，雜誌名曰「變態知識」，若前出《語彙》乃是入門之書，後來也還沒有更好的出現。川柳是只用十七字音做成的諷刺詩，上者體察物理人情，直寫出來，令人看了破顏一笑，有時或者還感到淡淡的哀愁，此所謂有情滑稽，最是高品，其次找出人生的缺陷，如繡花針噗哧的一下，叫聲好痛，卻也不至於刺出血來。

這種詩讀了很有意思，不過正與笑話相像，以人情風俗為材料，要理解他非先知道這些不可，不是很容易的事。川柳的名家以及史家選家都不濟事，還是考證家要緊，特別是關於前時代的古句，這與江戶生活的研究是不可分離的。

這方面有西原柳雨，給我們寫了些參考書，大正丙辰年與佐佐醒雪共著的《川柳吉原志》出得最早，十年後改出補訂本，此外還有幾種類書，只可惜《川柳風俗志》出了上卷，沒有能做得完全。我在東京只有一回同了妻和親戚家的夫婦到吉原去看過夜櫻，但是關於那裡的習俗事情卻知道得不少，這便都是從西原及其他書本上得來的。

這些知識本來也很有用，在江戶的平民文學裡所謂花魁是常在的，不知道她也總得遠遠的認識才行。即如民間娛樂的落語，最初是幾句話可以說了的笑話，後來漸漸拉長，明治以來在寄席即雜耍場所演的，大約要花上十來分鐘了吧，他的材料固不限定，卻也是說遊裡者為多。

森鷗外在一篇小說中曾敘述說落語的情形云：

「第二個說話人交替著出來，先謙遜道，人是換了卻也換不出好處來。又作破題云，官客們的消遣就是玩玩窯姐兒。隨後接著講工人帶了一個不知世故的男子到吉原去玩的故事。這實在可以說是吉原入門的講義。」

語雖詼諧，卻亦是實情，正如中國笑話原亦有腐流殊稟等門類，而終以屬於閨風世諱者為多，唯因無特定遊裡，故不顯著耳。江戶文學中有滑稽本，也為我所喜歡，一九的《東海道中膝栗毛》，三馬的《浮世風呂》與《浮世床》可為代表，這是一種滑稽小說，為中國所未有。前者借了兩個旅人寫他們路上的遭遇，重在特殊的事件，或者還不很難，後者寫澡堂理髮鋪裡往來的客人的言動，把尋常人的平凡事寫出來，都變成一場小喜劇，覺得更有意思。

中國在文學與生活上都缺少滑稽分子，不是健康的徵候，或者這是偽道學所種下的病根歟。

十七

我不懂戲劇，但是也常涉獵戲劇史。正如我翻閱希臘悲劇的起源與發展的史料，得到好些知識，看了日本戲曲發達的徑路也很感興趣，這方面有兩個人的書於我很有益處，這是佐佐醒雪與高野斑山。

高野講演劇的書更後出，但是我最受影響的還是佐佐的一冊《近世國文學史》。

佐佐氏於明治三十二年戊戌刊行《鶉衣評釋》，庚子刊行《近松評釋天之網島》，辛亥出《國文學史》，那時我正在東京，即得一讀，其中有兩章略述歌舞伎與淨琉璃二者發達之跡，很是簡單明瞭，至今未盡忘記。

也有的俳文集《鶉衣》固所喜歡，近松的世話淨琉璃也想知道。這《評釋》就成為頂好的入門書，事實上我好好的細讀過的也只是這冊《天之網島》，讀後一直留下很深的印象。

這類曲本大都以情死為題材，日本稱曰心中，《澤瀉集》中曾有一文論之。在《懷東京》中說過，俗曲裡禮讚戀愛與死，處處顯出人情與義理的衝突，偶然聽唱義太夫，便會遇見紙治，這就是《天之網島》的俗名，因為裡邊的主人公是紙店的治兵衛與妓女小春。

日本的平民藝術彷佛善於用優美的形式包藏深切的悲苦，這似是與中國很不同的一點。佐佐又著有《俗曲評釋》，自江戶長唄以至端唄共五冊，皆是抒情的歌曲，與敘事的有殊，乃與民謠相連接。高野編刊《俚謠集拾遺》時號斑山，後乃用本名辰之，其專門事業在於歌謠，著有《日本歌謠史》，編輯

《歌謠集成》共十二冊，皆是大部巨著。

此外有湯朝竹山人，關於小唄亦多著述，寒齋所收有十五種，雖差少書卷氣，但亦可謂勤勞矣。民國十年時曾譯出俗歌六十首，大都是寫游女蕩婦之哀怨者，如木下杢太郎所云，耽想那卑俗的但是充滿眼淚的江戶平民藝術以為樂，此情三十年來蓋如一日，今日重讀仍多所感觸。歌謠中有一部分為兒童歌，別有天真爛漫之趣，至為可喜，唯較好的總集尚不多見，案頭只有村尾節三編的一冊童謠，尚是大正己未年刊也。

與童謠相關連者別有玩具，也是我所喜歡的，但是我並未搜集實物，雖然遇見時也買幾個，所以平常翻看的也還是圖錄以及年代與地方的紀錄。

在這方面最努力的是有阪與太郎，近二十年中刊行好些圖錄，所著有《日本玩具史》前後編，《鄉土玩具大成》與《鄉土玩具展望》，只可惜《大成》出了一卷，《展望》下卷也還未出版。所刊書中有一冊《江都二色》，每頁畫玩具二種，題諧詩一首詠之，木刻著色，原本刊於安永癸巳，即清乾隆三十八年。

我曾感歎說，那時在中國正是大開四庫館，刪改皇侃《論語疏》，日本卻是江戶平民文學的爛熟期，浮世繪與狂歌發達到極頂，乃迸發而成此一卷玩具圖詠，至可珍重。現代畫家以玩具畫著名者亦不少，畫集率用木刻或玻璃板，稍有搜集，如清水晴風之《垂髫之友》，川崎巨泉之《玩具畫譜》，各十集，凱撒笛畝之《雛十種》等。

凱撒自號比那舍主人，亦作玩具雜畫，以雛與人形為其專門，因故赤間君的介紹，曾得其寄贈大著《日本人形集成》及《人形大類聚》，深以為感。又得到菅野新一編藏《王東之木孩兒》，木板畫十二枚，解說一冊，菊楓會編《古計志加加美》，則為菅野氏所寄贈，均是講日本東北地方的一種木製人形的。

《古計志加加美》改寫漢字為《小芥子鑒》，以玻璃板列舉工人百八十四名所作木偶三百三十餘枚，可謂大觀。此木偶名為小芥子，而實則長五寸至一尺，旋圓棒為身，上著頭，畫為垂發小女，著簡單彩色，質樸可喜，一稱為木孩兒。

菅野氏著係非賣品，《加加美》則只刊行三百部，故皆可紀念也。三年前承在北京之國府氏以古計志二軀見贈，曾寫諧詩報之云，芥子人形亦妙哉，出身應自埴輪來，小孫望見嘻嘻笑，何處娃娃似棒槌。依照《江都二色》的例，以狂詩題玩具，似亦未為不周當，只是草草恐不能相稱為愧耳。

十八

我的雜學如上邊所記，有大部分是從外國得來的，以英文與日本文為媒介，這裡分析起來，大抵從西洋來的屬於知的方面，從日本來的屬於情的方面為多，對於我卻是一樣的有益處。

我學英文當初為的是須得讀學堂的教本，本來是敲門磚，後來離開了江南水師，便沒有什麼用了，姑且算作中學常識之一部分，有時利用了來看點書，得些現代的知識也好，也還是磚的作用，終於未曾走到英文學門裡去，這個我不怎麼懊悔，因為自己的力量只有這一點，要想入門是不夠的。

日本文比英文更不曾好好的學過，老實說除了丙午丁未之際，在駿河台的留學生會館裡，跟了菊池勉先生聽過半年課之外，便是懶惰的時候居多，只因住在東京的關係，耳濡目染的慢慢的記得，其來源大抵是家庭的說話，看小說看報，聽說書與笑話，沒有講堂的嚴格的訓練，但是後面有社會的背景，所以還似乎比較容易學習。

這樣學了來的言語，有如一棵草花，即使是石竹花也罷，是有根的盆栽，與插瓶的大朵大理菊不同，其用處也就不大一樣。我看日本文的書，並不專是為得通過了這文字去抓住其中的知識，乃是因為對於此事物感覺有點興趣，連文字來賞味，有時這文字亦為其佳味之一分子，不很可以分離，雖然我們對於外國語想這樣辨別，有點近於妄也不容易，但這總也是事實。

我的關於日本的雜覽既多以情趣為本，自然態度與求知識稍有殊異，文字或者仍是敲門的一塊磚，不過對於磚也會得看看花紋式樣，不見得用了立即扔在一旁。我深感到日本文之不好譯，這未必是客觀的事實，只是由我個人的經驗，或者因為比較英文多少知道一分的緣故，往往覺得字義與語氣在微細之處很難兩面合得恰好。

大概可以當作一個證明。明治大正時代的日本文學，曾讀過些小說與隨筆，至今還有好些作品仍是喜歡，有時也拿出來看，如以雜誌名代表派別，大抵有《保登登岐須》，《昴》，《三田文學》，《新思潮》，《白樺》諸種，其中作家多可佩服，今亦不復列舉，因生存者尚多，暫且謹慎。

此外的外國語，還曾學過古希臘文與世界語。我最初學習希臘文，目的在於改譯《新約》至少也是四福音書為古文，與佛經庶可相比，及至回國以後卻又覺得那官話譯本已經夠好了，用不著重譯，計畫於是歸於停頓。過了好些年之後，才把海羅達思的擬曲譯出，附加幾篇牧歌，在上海出版，可惜板式不佳，細字長行大頁，很不成樣子。極想翻譯歐利比台斯的悲劇《忒洛亞的女人們》，躊躇未敢下手，於民國廿六七年間譯亞坡羅陀洛斯的神話集，本文幸已完成，寫注釋才成兩章，擱筆的次日即是廿八年的元日，工作一頓挫就延到現今，未能續寫下去，但是這總是極有意義的事，還想設法把他做完。

世界語是我自修得來的，原是一冊用英文講解的書，我在暑假中臥讀消遣，一連兩年沒有讀完，均歸無用，至第三年乃決心把這五十課一氣學習完畢，以後借了字典的幫助漸漸的看起書來。

那時世界語原書很不易得，只知道在巴黎有書店發行，恰巧蔡子民先生行遍歐洲，便寫信去托他代買，大概寄來了有七八種，其中有《世界語文選》與《波蘭小說選集》至今還收藏著，民國十年在西山養病的時候，曾從這裡邊譯出幾篇波蘭的短篇小說，可以作為那時困學的紀念。

世界語的理想是很好的，至於能否實現則未可知，反正事情之成敗與理想之好壞是不一定有什麼關係的。我對於世界語的批評是這太以歐語為基本，不過這如替柴孟和甫設想也是無可如何的，其缺點只是在沒有學過一點歐語的中國人還是不大容易學會而已。

我的雜學原來不足為法，有老友曾批評說是橫通，但是我想勸現代的青年朋友，有機會多學點外國文，我相信這當是有益無損的。俗語云，開一頭門，多一些風。這本來是勸人謹慎的話，但是借了來說，學一種外國語有如多開一面門窗，可以放進風日，也可以眺望景色，別的不說，總也是很有意思的事吧。

十九

我的雜學裡邊最普通的一部分，大概要算是佛經了吧。但是在這裡正如在漢文方面一樣，也不是正宗的，這樣便與許多讀佛經的人走的不是一條路了。

四十年前在南京時，曾經叩過楊仁山居士之門，承蒙傳諭可修淨土，雖然我讀了《阿彌陀經》各種譯本，覺得安養樂土的描寫很有意思，又對於先到淨土再行修道的本意，彷彿是希求住在租界裡好用功一樣，也很能瞭解，可是沒有興趣這樣去做。

禪宗的語錄看了很有趣，實在還是不懂，至於參證的本意，如書上所記俗僧問溪水深淺，被從橋上推入水中，也能瞭解而且很是佩服，然而自己還沒有跳下去的意思，單看語錄有似意存稗販，未免慚愧，所以這一類書雖是買了些，都擱在書架上。

佛教的高深的學理那一方面，看去都是屬於心理學玄學範圍的，讀了未必能懂，因此法相宗等均未敢問津。這樣計算起來，幾條大道都不走，就進不到佛教裡去，我只是把佛經當作書來看，而且這漢文的書，所得的自然也只在文章及思想這兩點上而已。

《四十二章經》與《佛遺教經》彷佛子書文筆，就是儒者也多喜稱道，兩晉六朝的譯本多有文情俱勝者，什法師最有名，那種駢散合用的文體當然因新的需要而興起，但能恰好的利用舊文字的能力去表出新意思，實在是很有意義的一種成就。

這固然是翻譯史上的一段光輝，可是在國文學史上意義也很不小，六朝之散文著作與佛經很有一種因緣，交互的作用，值得有人來加以疏通證明，於漢文學的前途也有極大的關係。十多年前我在北京大學講過幾年六朝散文，後來想添講佛經這一部分，由學校規定名稱曰佛典文學，課程綱要已經擬好送去了，七月發生了盧溝橋之變，事遂中止。課程綱要稿尚存在，重錄於此：

「六朝時佛經翻譯極盛，文亦多佳勝。漢末譯文模仿諸子，別無多大新意思，唐代又以求信故，質勝於文。唯六朝所譯能運用當時文詞，加以變化，於普通駢散文外造出一種新體制，其影響於後來文章者亦非淺鮮。今擬選取數種，少少講讀，注意於譯經之文學的價值，亦並可作古代翻譯文學看也。」

至於從這面看出來的思想，當然是佛教精神，不過如上文說過，這不是甚深義諦，實在但是印度古聖賢對於人生，特別是近於入世法的一種廣大厚重的態度，根本與儒家相通而更為徹底，這大概因為他有那中國所缺少的宗教性。我在二十歲前後讀《大乘起信論》無有所得，但是見了《菩薩投身飼餓虎經》，這裡邊的美而偉大的精神與文章至今還時時記起，使我感到感激，我想大禹與墨子也可以說具有這種精神，只是在中國這情熱還只以對人間為限耳。

又《佈施度無極經》云：「眾生擾擾，其苦無量，吾當為地。為旱作潤，為濕作筏。饑食渴漿，寒衣熱涼。為病作醫，為冥作光。若在濁世顛到之時，吾當於中作佛，度彼眾生矣。」

這一節話我也很是喜歡，本來就只是眾生無邊誓願度的意思，卻說得那麼好，說理與美和合在一起，是很難得之作。經論之外我還讀過好些戒律，有大乘的也有小乘的，雖然原來小乘律注明在家人勿看，我未能遵守，違了戒看戒律，這也是頗有意思的事。

我讀《梵網經菩薩戒本》及其他，很受感動，特別是賢首戒疏，是我所最喜讀的書。嘗舉食肉戒中語，一切眾生肉不得食，夫食肉者斷大慈悲佛性種子，一切眾生見而捨去，是故一切菩薩不得食一切眾生肉，食肉得無量罪。加以說明云，我讀《舊約・利未記》，再看大小乘律，覺得其中所說的話要合理得多，而上邊食肉戒的措辭我尤為喜歡，實在明智通達，古今莫及。

又盜戒下注疏云：「善見云，盜空中鳥，左翅至右翅，尾至顛，上下亦爾，俱得重罪。准此戒，縱無主，鳥身自為主，盜皆重也。」

鳥身自為主，這句話的精神何等博大深厚，我曾屢次致其讚歎之意，賢首是中國僧人，此亦是足強人意的事。我不敢妄勸青年人看佛書，若是三十歲以上，國文有根柢，常識具足的人，適宜的閱讀，當能得些好處，此則鄙人可以明白回答者也。

二十

我寫這篇文章本來全是出於偶然。從《儒林外史》裡看到雜覽雜學的名稱，覺得很好玩，起手寫了那首小引，隨後又加添三節，作為第一分，在雜誌上發表了。

可是自己沒有什麼興趣，不想再寫下去了，然而既已發表，被催著要續稿，又不好不寫，勉強執筆，有如秀才應歲考似的，把肚裡所有的幾百字湊起來繳卷，也就可以應付過去了罷。這真是成了雞肋，棄之並不可惜，食之無味那是毫無問題的。

這些雜亂的事情，要怎樣安排得有次序，敘述得詳略適中，固然不大容易，而且寫的時候沒有興趣，所以更寫不好，更是枯燥，草率。我最怕這成為自畫自讚。罵猶自可，讚不得當乃尤不好過，何況自讚乎。因為竭力想避免這個，所以有些地方覺得寫的不免太簡略，這也是無可如何的事，但或者比多話還好一點亦未可知。

總結起來看過一遍，把我雜覽的大概簡略的說了，還沒有什麼自己誇讚的地方，要說句好話，只能批八個字云，國文粗通，常識略具而已。我從古今中外各方面都受到各樣影響，分析起來，大旨如上邊說過，在知與情兩面分別承受西洋與日本的影響為多，意的方面則純是中國的，不但未受外來感化而發生變動，還一直以此為標準，去酌量容納異國的影響。

這個我向來稱之曰儒家精神，雖然似乎有點籠統，與漢以後，尤其是宋以後的儒教顯有不同，但為得表示中國人所有的以生之意志為根本的那種人生觀，利用這個名稱殆無不可。我想神農大禹的傳說就從這裡發生，積極方面有墨子與商韓兩路，消極方面有莊楊一路，孔孟站在中間，想要適宜的進行，這平凡而難實現的理想我覺得很有意思，以前屢次自號儒家者即由於此。

佛教以異域宗教而能於中國思想上占很大的勢力，固然自有其許多原因，如好談玄的時代與道書同尊，講理學的時候給儒生作參考，但是其大乘的思想之入世的精神與儒家相似，而且更為深徹，這原因恐怕要算是最大的吧。

這個主意既是確定的，外邊加上去的東西自然就只在附屬的地位，使他更強化與高深化，卻未必能變化其方向。我自己覺得便是這麼一個頑固的人，我的雜學的大部分實在都是我隨身的附屬品，有如手錶眼鏡及草帽，或是吃下去的滋養品如牛奶糖之類，有這些幫助使我更舒服與健全，卻並不曾把我變成高鼻深目以至有牛的氣味。

我也知道偏愛儒家中庸是由於癖好，這裡又缺少一點熱與動，也承認是美中不足。儒家不曾說「怎麼辦」，像猶太人和斯拉夫人那樣，便是證據。

我看各民族古聖的畫像也覺得很有意味，猶太的眼向著上是在祈禱，印度的伸手待接引眾生，中國則常是叉手或拱著手。

我說儒家總是從大禹講起，即因為他實行道義之事功化，是實現儒家理想的人。近來我曾說，中國現今緊要的事有兩件，一是倫理之自然化，二是道義之事功化。前者是根據現代人類的知識調整中國固有的思想，後者是實踐自己所有的理想適應中國現在的需要，都是必要的事。

此即是我雜學之歸結點，以前種種說話，無論怎麼的直說曲說，正說反說，歸根結底的意見還只在此，就只是表現得不充足，恐怕讀者一時抓不住要領，所以在這裡贅說一句。我平常不喜歡拉長了面孔說話，這回無端寫了兩萬多字，正經也就枯燥，彷彿招供似的文章，自己覺得不但不滿而且也無謂。

這樣一個思想徑路的簡略地圖，我想只足供給要攻擊我的人，知悉我的據點所在，用作進攻的參考與準備，若是對於我的友人這大概是沒有什麼用處的。寫到這裡，我忽然想到，這篇文章的題目應該題作「愚人的自白」才好，只可惜前文已經發表，來不及再改正了。

民國三十三年，七月五日。

第二分　遐思拾采

武者先生和我

方紀生先生從東京寄信來，經了三星期才到，信裡說起前日見到武者小路先生，他對於我送他的晉磚硯很是喜歡，要給我一幅鐵齋的畫，托宮崎丈二先生帶來，並且說道，那幅畫雖然自己很愛，但不知道周君是否也喜歡。

我在給紀生的回信裡說，洋畫是不懂，卻也愛東洋風的畫，富岡鐵齋可以說是純東洋的畫家，我想他的畫我也一定喜歡的。在《東西六大畫家》中有鐵齋的插畫三幅，我都覺得很好，如《獻新穀圖》，如《榮啟期帶索圖》，就是縮小影印的，也百看不厭，現在使我可以得到一張真跡，這實在是意外的幸事了。

我與武者小路先生初次相見是在民國八年秋天，已是二十四年前的事了。那時武者先生（平常大家這樣叫他，現在也且沿用）在日本日向地方辦新村，我往村裡去看他，在萬山之中的村中停了四天，就住在武者先生家的小樓上，後來又順路歷訪大阪京都濱松東京各新村支部，前後共花了十天的工夫。

第二次是民國二十三年，我利用暑假去到東京閒住了兩個月，與武者先生會見，又同往新村支部去談話一次。

第三次在民國三十年春間，我往京都東京赴東亞文化協會之會，承日本筆會的諸位先生在星岡茶寮招待，武者先生也是其中之一人。

今年四月武者先生往南京出席中日文化協會，轉至北京，又得相見，這是第四次了。其時我因事往南京蘇州去走了一趟，及至回來，武者先生快要走了，只有中間一天的停留，所以我們會見也就只在那一天裡，上午在北京飯店的庸報社座談會上，下午來到我這裡，匆匆的談了一忽兒而已。

這樣計算起來，除了第一次的四天以外，我同武者先生聚談的時候並不很多，可是往來的關係卻已很久，所以兩者間的友誼的確是極舊的了。承武者先生不棄，在他的文章裡時時提及，又說當初相識彼此都在還沒有名的時代，覺得這一點很有意思。

其實這乃是客氣的話，在二十四五年前，白樺派在日本文學上正很有名，武者先生是其領袖，我的胡亂寫些文章，則確在這以後，卻是至今也還不成氣候，不過我們的交際不含有一點勢利的分子，這是實在的事情。

事變之後，武者先生常對我表示關心，大約是二十六年的冬天吧，在一篇隨筆裡說，不知現在周君的心情如何，很想一聽他的真心話。當時我曾覆一信，大意說如有機緣願得面談，唯不想用文字有所陳說，蓋如倪雲林所言，說便容易俗，日本所謂野暮也。近來聽到又復說起，云覺得與周君當無不可談者，看了很是感動，卻也覺得慚愧。

兩國的人相談，甲有甲的立場，乙有乙的立場，因此不大容易說得攏，此是平常的情形，但這卻又不難互相體察諒解，那時候就可以說得成一起了，唯天下事愈與情理近者便愈遠於事實，故往往亦終以慨歎。

我近來未曾與武者先生長談深談過，似乎有點可惜，但是我感覺滿足，蓋談到最相契合時恐怕亦只是一歎喟，現在即使不談而我也一樣的相信，與武者先生當無不可談，且可談得契合，這是一種愉快同時也是幸福的事。

最初聽說武者先生要到中國來漫遊，我以為是個人旅行，便寫信給東京的友人，托其轉帶口信，請他暫時不必出來，因為在此亂世，人心不安，中國文化正在停頓，殊無可觀，旅途辛苦，恐所得不償所失。

嗣知其來蓋屬於團體，自是別一回事了，武者先生以其固有的樸誠的態度，在中國留下極深的好印象，可謂不虛此行，私人方面又得一見面，則在我亦為有幸矣。唯願和平告成後，中國的學問藝術少少就緒，其時再請武者先生枉駕光來，即使別無成績可以表示，而民生安定，彼此得以開懷暢聚，將互舉歷來所未談及者痛快陳之，且試印證以為必定契合者是否真是如此，亦是很有意思的事也。

至於我送給武者先生的那磚硯，與其說是硯，還不如說是磚為的當，那是一小方西晉時的墓磚，有元康九年字樣，時為基督紀元二百九十九年，即距今一千六百四十四年前也。我當初搜集古磚，取其是在紹興出土的，但是到了北京以後，就不能再如此了，也只取其古，又是工藝品，是一種有趣味的小古董而已。

有人喜歡把它琢成硯，或是水仙花盆之類，我並不喜歡，不過既已做成了，也只好隨它去。我想送給武者先生一塊古磚，作為來苦雨齋的紀念，但是面積大，分量重的不大好攜帶，便挑取了這塊元康斷磚，而它恰巧是琢成硯形的，因此被稱為硯，其實我是當作磚送他的，假如當硯用一定很不合適，好的硯有端溪種種正多著哩。

古語云，拋磚引玉。我所拋的正是一塊磚，不意卻引了一張名人的畫來，這正與成語相符，可謂巧合也矣。

民國癸未秋分節。

上邊這篇文章是九月下旬寫的。因為那時報上記載，武者先生來華時我奉贈一硯，將以一幅畫回贈，以為是中日文人交際的佳話。我便想說明，我所送的是一塊磚，送他的緣因是多年舊識，非為文人之故，不覺詞費，寫了三張稿紙。

秋分節是二十四日，過了兩天，宮崎先生來訪，給我送來鐵齋的那幅畫。這是一個摺扇面，裱作立軸，上畫作四人，一綠衣以爪杖搔背，一紅衣以紙撚刺鼻，一綠衣藍褂挑耳，一紅衣脫巾兩手抓發，座前置香爐一，茶碗三，紙二枚。上端題曰：

經月得樓颼，頭懶垢不靧，樹間一梳理，道與精神會。癢處搔不及，賴有童子手，精微不可傳，齬一轉首。呿口眼尾垂，欲噴將未發，竟以紙用事，快等船出閘。耳癢欲拈去，猛省須用明，注目深探之，踈快滿鬢髮。右李成德畫理髮搔背刺噴明耳四暢圖贊，覺範所作，鐵齋寫並錄。贊一末句會字，贊四次句省用字，均脫，今照《石門文字禪》卷十四原本補入。案南唐王齊翰有《挑耳圖》，似此種圖畫古已有之，列為四暢，或始於李成德乎。

據《清河書畫舫》云，王畫法學吳道子，李不知如何，唯飄逸之致則或者為鐵齋所獨有，但自己不懂畫更甚於詩，亦不敢多作妄言也。鐵齋生於天保七年（清道光十六年），大正十三年（民國十三年）除夕卒，壽八十九歲，唯《榮啟期帶索圖》為其絕筆，則已署年九十矣。

十月一日再記。

草囤與茅屋

近日整理書架，有幾種舊雜誌，重複拿出來看一遍，覺得很有意思。這裡其一是飛驒考古土俗學會所編刊的《飛驒人》，其二是日本民藝協會的月刊《民藝》。

《飛驒人》發刊已有十年以上，我所有的只是第八九十年這三卷，以前的另冊六本而已。編輯人為江馬夫人三枝子女史，是知名的民俗學家。

江馬修氏則是大正時代的小說家，短篇《小小的一個人》我於民國七年中譯出登在《新青年》上，差不多可以算是翻譯日本作品的開始，暑假時回南邊去，也帶了一冊《受難者》在火車上閱讀。

近年江馬氏在家鄉寫了一部《山國的人民》，共有三冊，敘述飛驒在明治維新之初的事情，雖然分量較少，是可以與藤村的《黎明之前》相比的大著作。飛驒的都市固然已現代化，但是許多山村還保留不少封建時代的遺風，因此民俗調查更特別有意義，江馬夫人又多注意於女性生活，這是自然的卻也是難得的事。

偶然得到三國書房出版的幾種叢書，讀了很感興趣，特別是江馬三枝子的《飛驒的女人們》，瀨川清子的《海女記》與《販女》，能田多代子的《鄉村的女性》。江馬夫人著書中有幾章曾在《飛驒人》上登載過，瀨川能田兩女史也都是常常寄稿的人，與這刊物很有關係的。

《海女記》我曾經細細讀過，《飛驒的女人們》讀了更很有所感，最喜歡的是第一篇《草囤裡》，敘述兒童期的暗淡狀況，為山村的辛苦生活的起頭，很想翻譯出來，但寫了幾行又復歇下了。

草囤和名津不羅，飛驒地方的據插畫是一種小木桶，普通多束稻草蟠曲疊成之，坐小兒其中，吾鄉稱曰囤窠，唯用於冬日，夏則有坐車，他處或無區別也。文中說到了插秧什麼農忙時期，吃奶的小兒放入草囤裡便擺在田塍的陰涼處，或者單獨留在家裡。原文有一節云：

「在江馬的長篇小說《山國的人民》第二部中，曾記著明治元年那時的革新的知事梅村速水微行觀察插秧時節的農村的事。半路上遇著大陣雨，梅村主從兩人跑進一家窮苦的農民家裡躲雨去。那時的情景這樣的寫著。——

家裡邊很暗，在梅村的眼裡全是灰黑色的。跑進去的地方是二弓左右高低不平的泥土地，左邊是一間並沒有馬的亂雜的馬房，因了馬溺以及腐爛的草的強烈的臭氣，家裡悶得透不過氣來。當面是一間比較寬闊，滿是灰塵，低的板地的廚房，在沒有火的地爐上面，有一根藤蔓製的粗糙的鉤子，從漆黑的屋頂直掛在那裡。板地上到處都是屋漏水，滴答滴答響著。

人是誰也不在。

梅村很有興味似的將這貧窮的空虛暗黑的家裡四面看到，忽然大張了眼。在裡邊黑而細的柱子旁邊，有一個用稻草編成桶形的草囤，裡面放著一歲左右的小兒。這嬰兒的小臉上看去黑黑的聚滿了蒼蠅。小兒一半睡著，卻又在發出像要消滅似的微細的咿咿的啼聲。看起來大概是小兒覺得蒼蠅討厭得很，早就用力的叫喊，可是蒼蠅看透了對手之無用，並不想走開，而且聞了乳花香來的只是加多，終於哭得倦了，也哭不出聲了，所以昏昏的半睡著，還在微微的發出絕望的悲鳴吧。

『這可了不得，』剛嚷這一句，梅村就穿著草鞋跨上板地，一直走到草囤邊去。蒼蠅多少逃去了一點，可是大部分還黑黑的仍舊停留在小兒的臉上。他急忙打開扇子，在草囤上邊猛扇了兩三下，蒼蠅的黑色的一塊嗡嗡的叫著，這才離開了小兒的臉，紛紛的滿屋飛散了。

『好凶的蠅呀，』隨從源八說，也看得有點呆了。

『蠅固然凶，父母也凶呀。真虧他們會得把嬰孩這樣的拋棄著。』

『因為田裡很忙的緣故吧。』

『那是知道的。可是，無論怎麼忙，也該有什麼個辦法吧。或者背了小兒不能插秧也說不定，總之不該把小兒獨自拋在家裡，讓蒼蠅盡叮著的呀。』梅村生氣似的這樣說。

回過頭去看時，蒼蠅的黑的一群又是圍住了小兒，一面嗡的叫著，在等機會想聚集到那乳花香的小臉上去。小兒仍是那麼像要消滅似的咿咿的啼哭著。他再用扇子去趕蒼蠅，不讓他們去襲擊小兒，一面差不多發怒似的喊道：

『源八，快去找那父母回來。』

於是那正在插秧的母親叫了來，很被梅村知事叱責了一頓。被大人所罵了，母親非常惶恐，只是謝罪求饒。可是實際上並不明白，為什麼因了這一點事會得這樣的挨罵的呢。

可不是這種事情向來就是如此，也並不見得這於小孩有什麼害處，而且也不曾聽說過蒼蠅有什麼毒，被蒼蠅叮了會得生病。村人聽了這件事，便說大人們只知道罵老百姓，把梅村看作無道的暴君似的，很是怨恨。

在《山國的人民》裡所寫的是明治維新之際的事情，可是這樣的事就是在現今只要走到山村裡去也可以見到許多。不久以前在某村提起這事，本地的村長以及重要的人都說，小時候被蒼蠅叮了，哭得轉不過氣來，所以長大了的時候都有好聲音，也會唱歌的呀，說著遊戲話，卻是承認了這個事實。」

上文所引的這節故事，我拿《山國的人民》來查，出在第二部《奔流》的第四章裡，前後又講梅村收埋棄嬰，撰文立碑的事，這一章的題目恰又是「小小的一個人」，與二十六七年前的小說正是同名，在作者想必自有意義，我重讀一遍也頗有感慨，實亦只是寫此小文的一點意思而已。

我讀了《飛驒的女人們》，很想翻譯介紹到中國來，特別是那第一章《草囤裡》，這是為什麼呢？因為這裡邊所記述的是日本中部山村農民——或是農婦生活的實情，介紹過來可以有一種誠實，親密之感，這是在別的普通的文章書本裡所沒有的。

近時盛行一句同甘共苦的話，鄙意以為同甘是頗淺薄的一件事，無論口惠而實不至的將來的甜蜜話毫不足信，就是確確實實的大家現在一起吃糖的照相也無甚意思，至多是可以引動兒童們的歆羨罷了，比較的重要而有意義的倒是共苦。

古人有言，可與共患難而不可與共安樂，可見共苦比同甘為容易。甘與爭競近，而苦則反相接引，例如魚之相濡以沫。我們聞知了別個的苦辛憂患，假如這仲介的文字語言比較有力，自然發生同情，有吾與爾猶彼也，或你即是我之感，這是一種在道德宗教上極崇高的感覺。人們常說，亞細亞是一個。這話當然是對的，我也曾這樣說過，東亞的文化是整個的，東亞的運命也是整個的，差不多可以算作說明。但是這裡重要的是，文化的共同過去有事實證明，不過這也會得離散的，如不是現在再加以什麼維繫，而運命的共同如沒有事實的證明，則即在現在也還將不免成為空話，不會得大家的相信。

現今最重要的是在事實上證明東亞人共同的苦辛，在這苦之同一上建立東亞團結的基本，共向著甘的方面突擊去，這才有些希望。

日本的詩人文人從前常說到東洋人的悲哀，和西洋的運命及境遇迥異的東洋人的苦辛，我讀了很有感觸，覺得此是中日文藝以至一切關係的正當基調，從這裡出發，凡有接觸與調和都可以圓滿，若是以西洋本位的模擬為滿足，那麼回過東洋來只有優越，便與本洲全是隔膜，什麼都無從說起。

在八年前與友人書中我曾說道，「我們要研究，理解，或談日本的文化，其目的不外是想去找出日本民族代表的賢哲來，聽聽同為人類同為東洋人的悲哀，卻把那些英雄擱在一旁，無論這是怎麼地可怨恨或輕蔑。」

自己知道是少信的人，對於英雄崇拜缺少興味，但上邊的話亦不是完全亂道，想起米勒的名畫來，《拾落穗》與《晚禱》二圖所含意義甚大，總比大查理或那頗倫畫像更足以表現法國人民之生活與精神吧。

我想翻譯介紹日本人民生活情形，希望讀者從這中間感到東亞人共同的苦辛，發出愛與相憐之感情，以替代一般宣傳與經驗所養成的敬或畏，要知畏固可轉憎，而敬亦即是遠也。唯是個人的意思慮難得眾人的讚可，亦不敢強為主張，《草囤裡》之翻譯也就中止，這回因《飛驒人》而又提及，實亦是偶然的事也。

上邊閒話寫得太長了，關於《民藝》只能簡略的一說。月刊《民藝》創刊於昭和十四年四月，到本年一月已出到五十七號，我都保存著。

日本民藝運動以柳宗悅氏為中心，開始於十八年前，至今已成立民藝館一所，雜誌於《民藝》外尚有《工藝》一種，書籍單行本甚多。柳氏為白樺派之一人，最初多論宗教問題，質樸可喜，我雖是門外漢亦喜讀之，繼而談朝鮮的藝術，又轉入民藝，其所著書大抵搜得。

我對於民藝感覺興趣，其原由殆與民俗有關，唯自知不懂高級美術，正如不懂詩一樣，這恐怕也是別一緣由。民藝館所編有《日本民藝品圖錄》，凡四十四圖，我最喜歡，屢次翻看，彷彿都能領會，常有親近之感。

又有一冊英文書，名曰《日本之民藝》，為國際文化振興會出版之一，論文出於柳氏之手，插圖十九枚亦均佳，我尤愛其中四張農家茅屋的照相，第四張那個茅簷白壁的門，門外兩旁種著豆麥，望過去真好面善似的，這固然異於城內的老家，可是似乎是一家親戚的門的幻想，卻是愈看愈深。

看福原信三編的《武藏野風物》，百五十圖中也有不少相似的印象。這種宣傳可謂有效，比鐵筋洋灰的建築物更有說服人的力量，但是或者也太素樸一點了，在西洋式的宣傳上不合式，則在現代也就難得大家的採取與賞識者也。

民國三十三年二月八日。

蘇州的回憶

說是回憶，彷彿是與蘇州有很深的關係，至少也總住過十年以上的樣子，可是事實上卻並不然。民國七八年間坐火車走過蘇州，共有四次，都不曾下車，所看見的只是車站內的情形而已。

去年四月因事往南京，始得順便至蘇州一遊，也只有兩天的停留，沒有走到多少地方，所以見聞很是有限。當時江蘇日報社有郭夢鷗先生以外幾位陪著我們走，在那兩天的報上隨時都有很好的報導，後來郭先生又有一篇文章，登在第三期的《風雨談》上，此外實在覺得更沒有什麼可以紀錄的了。

但是，從北京遠迢迢地往蘇州走一趟，現在也不是容易事，其時又承本地各位先生懇切招待，別轉頭來走開之後，再不打一聲招呼，似乎也有點對不起。現在事已隔年，印象與感想都漸就著落，雖然比較地簡單化了，卻也可以稍得要領，記一點出來，聊以表示對於蘇州的恭敬之意，至於旅人的話，謬誤難免，這是要請大家見恕的了。

我旅行過的地方很少，有些只根據書上的圖像，總之我看見各地方的市街與房屋，常引起一個聯想，覺得東方的世界是整個的。譬如中國，日本，朝鮮，琉球，各地方的家屋，單就照片上看也罷，便會確鑿地感到這裡是整個的東亞。

我們再看烏魯木齊，寧古塔，昆明各地方，又同樣的感覺這裡的中國也是整個的。可是在這整個之中別有其微妙的變化與推移，看起來亦是很有趣味的事。

以前我從北京回紹興去，浦口下車渡過長江，就的確覺得已經到了南邊，及車抵蘇州站，看見月臺上車廂裡的人物聲色，便又彷彿已入故鄉境內，雖然實在還有五六百里的距離。現在通稱江浙，有如古時所謂吳越或吳會，本來就是一家，杜荀鶴有幾首詩說得很好，其一《送人遊吳》云：

君到姑蘇見，人家盡枕河。古宮閒地少，水港小橋多。
夜市賣菱藕，春船載綺羅。遙知未眠月，鄉思在漁歌。

又一首《送友遊吳越》云：

去越從吳過，吳疆與越連。有園多種橘，無水不生蓮。
夜市橋邊火，春風寺外船。此中偏重客，君去必經年。

詩固然做的好，所寫事情也正確實，能寫出兩地相同的情景。我到蘇州第一感覺的也是這一點，其實即是證實我原有的漠然的印象罷了。

我們下車後，就被招待遊靈岩去，先到木瀆在石家飯店吃過中飯。從車站到靈岩，第二天又出城到虎丘，這都是路上風景好，比目的地還有意思，正與遊蘭亭的人是同一經驗。

我特別感覺有趣味的，乃是在木瀆下了汽車，走過兩條街往石家飯店去時，看見那裡的小河，小船，石橋，兩岸枕河的人家，覺得和紹興一樣，這是江南的尋常景色，在我江東的人看了也同樣的親近，恍如身在故鄉了。

又在小街上見到一爿糕店，這在家鄉極是平常，但北方絕無這些糕類，好些年前曾在《賣糖》這一篇小文中附帶說及，很表現出一種鄉愁來，現在卻忽然遇見，怎能不感到喜悅呢。只可惜匆匆走過，未及細看這櫃檯上蒸籠裡所放著的是什麼糕點，自然更不能夠買了來嘗了。不過就只是這樣看一眼走過了，也已很是愉快，後來不久在城裡幾處地方，雖然不是這店裡所做，好的糕餅也吃到好些，可以算是滿意了。

第二天往馬醫科巷，據說這地名本來是螞蟻窠巷，後來轉訛，並不真是有過馬醫牛醫住在那裡，去拜訪俞曲園先生的春在堂。南方式的廳堂結構原與北方不同，我在曲園前面的堂屋裡徘徊良久之後，再往南去看俞先生著書的兩間小屋，那時所見這些過廊，側門，天井種種，都恍忽是曾經見過似的，又流連了一會兒。

我對同行的友人說，平伯有這樣好的老屋在此，何必留滯北方，我回去應當勸他南歸才對。說的雖是半玩半笑的話，我的意思卻是完全誠實的，只是沒有為平伯打算罷了，那所大房子就是不加修理，只說點燈，裝電燈固然了不得，石油沒有，植物油又太貴，都無辦法，故即欲為點一盞讀書燈計，亦自只好仍舊蟄居於北京之古槐書屋矣。

我又去拜謁章太炎先生墓，這是在錦帆路章宅的後園裡，情形如郭先生文中所記，茲不重述。章宅現由省政府宣傳處明處長借住，我們進去稍坐，是一座洋式的樓房，後邊講學的地方云為外國人所佔用，尚未能收回，因此我們也不能進去一看，殊屬遺憾。

俞章兩先生是清末民初的國學大師，卻都別有一種特色，俞先生以經師而留心輕文學，為新文學運動之先河，章先生以儒家而兼治佛學，宣導革命，又承先啟後，對於中國之學術與政治的改革至有影響，但是在晚年卻又不約而同的定住蘇州，這可以說是非偶然的偶然，我覺得這裡很有意義，也很有意思。

俞章兩先生是浙西人，對於吳地很有情分，也可以算是一小部分的理由，但其重要的原因還當別有所在。由我看去，南京，上海，杭州，均各有其價值與歷史，唯若欲求多有文化的空氣與環境者，大約無過蘇州了吧。兩先生的意思或者看重這一點，也未可定。

現在南京有中央大學，杭州也有浙江大學了，我以為在蘇州應當有一個江蘇大學，順應其環境與空氣，特別向人文科學方面發展，完成兩先生之弘業大願，為東南文化確立其根基，此亦正是喪亂中之一切要事也。

在蘇州的兩個早晨過得很好，都有好東西吃，雖然這說的似乎有點俗，但是事實如此，而且談起蘇州，假如不講到這一點，我想終不免是一個罅漏。若問好東西是什麼，其實我是鄉下粗人，只知道是糕餅點心，到口便吞，並不曾細問種種的名號。

我只記得亂吃得很不少，當初《江蘇日報》或是郭先生的大文裡彷彿有著記錄。我常這樣想，一國的歷史與文化傳得久遠了，在生活上總會留下一點痕跡，或是華麗，或是清淡，卻無不是精煉的，這並不想要誇耀什麼，卻是自然應有的表現。

我初來北京的時候，因為沒有什麼好點心，曾經發過牢騷，並非真是這樣貪吃，實在也只為覺得他太寒傖，枉做了五百年首都，連一些細點心都做不出，未免丟人罷了。我們第一早晨在吳苑，次日在新亞，所吃的點心都很好，是我在北京所不曾見過的，後來又托朋友在采芝齋買些乾點心，預備帶回去給小孩輩吃，物事不必珍貴，但也很是精煉的，這盡夠使我滿意而且佩服，即此亦可見蘇州生活文化之一斑了。

這裡我特別感覺有趣味的，乃是吳苑茶社所見的情形。茶食精潔，佈置簡易，沒有洋派氣味，固已很好，而吃茶的人那麼多，有的像是祖母老太太，帶領家人婦子，圍著方桌，悠悠的享用，看了很有意思。性急的人要說，在戰時這種態度行麼？我想，此刻現在，這裡的人這麼做是並沒有什麼錯的。大抵中國人多受孟子思想的影響，他的態度不會得一時急變，若是因戰時而麵粉白糖漸漸不見了，被迫得沒有點心吃，出於被動的事那是可能的。總之在蘇州，至少是那時候，見了物資充裕，生活安適，由我們看慣了北方困窮的情形的人看去，實在是值得稱讚與羨慕。

我在蘇州感覺得不很適意的也有一件事，這便是住處。據說蘇州旅館絕不容易找，我們承公家的斡旋得能在樂鄉飯店住下，已經大可感謝了，可是老實說，實在不大高明。設備如何都沒有關係，就只苦於太熱鬧，那時我聽見打牌聲，幸而並不在貼夾壁，更幸而沒有拉胡琴唱曲的，否則次日往虎丘去時馬車也將坐不穩了。

就是像滄浪亭的舊房子也好，打掃幾間，讓不愛熱鬧的人可以借住，一面也省得去占忙的房間，妨礙人家的娛樂，倒正是一舉兩得的事吧。

在蘇州只住了兩天，離開蘇州已將一年了，但是有些事情還清楚的記得，現在寫出來幾項以為紀念，希望將來還有機緣再去，或者長住些時光，對於吳語文學的發源地更加以觀察與認識也。

民國甲申三月八日。

兩種祭規

案頭放著兩部書，草草一看似乎是很無聊的東西，但是我卻覺得很有意思，翻閱了幾回之後，決心來寫一篇小文，作為介紹。這是兩種祭規。其一，蕭山汪氏的《大宗祠祭規》，嘉慶七年刊，為汪輝祖所訂定，有序文。其二，山陰平氏的《瀫祭值年祭簿》，約在光緒十六年，為平步青所訂定，手寫稿本。祭規本來只是宗祠或房派的祭祀規則，想來多是呆板單調的，沒有什麼可看，但是祭祀是民俗之一重要部分，這祭祀正也是其中的一種重要資料，況且汪平二氏都是紹興大家，又經過兩位名人的手定，其文獻上的價值自然更是確實無疑的了。

在宗祠或房派之祭祀，除夕與元旦都是同樣重要，平常輪值交代大抵在冬至之後，新值年房份便從年末的祭祀辦理起頭。現在便從汪氏《大宗祠祭規》中值祭條款，將除夕元旦兩項抄錄於下：

「**除夕**　三日前值祭家至祠，灑掃拂塵，堂室神道等處整理牌位，務使潔淨。除夕下午設案菜一桌，內用特殺雞，共十二味，酒飯杯箸十二副，中座及左右兩邊並祔祀所各用宵燭一對，大紙一塊，足錠三百，爆竹十枚。值祭五房俱至禮拜。」

「**元旦**　中座用半通燭一對，線香一股，兩邊及祔祀所各用門宵一對，線香三枝，以後早晚俱用二枝，至初五日晚止。」

平氏《祭簿》所記如下：

「除夕懸像。像前用高香，大門宵燭一對，二兩，橫溪紙一塊，即頂長，大庫錠四百個，供菜十大碗，八葷兩素，內用特雞，酒四杯，胡太君茹素，供開水一杯，飯五碗，筷五副，蓮子高茶五盅，供果五寸盤五盤，年糕，粽子，水果三色。攢盒一個，代至新正初五日收。各房子孫隨到隨拜，值年房備茶，不散胙。」

「元旦像前供湯圓五碗，早晚點香燭，至初五日止。黎明至宗祠，備二兩燭一對同點。」

這裡或者要稍加說明，上文所云宵燭門宵即是二兩燭，半通即八兩燭，一斤者名斤通，意謂可點通夜，故宵燭或者亦指時間，謂可點至定更也。黃紙相對互切，抖之則拖垂如索，與銀錠同焚，俗云以作錢串，名曰燒紙，大塊狹長者名橫溪，本是選紙地名，大紙亦即指此。

煮蓮子加糖，名蓮子茶，以供賓客，若供祖則用高茶，剪圓紙板上糊紅紙，以漿糊黏生蓮子成圈，數枚疊置，以次漸小，成圓錐形，裝茶盅上，高可三寸，故名，或以生蓮子散置盅內，則名懶惰茶，不常用，嫌不敬也。

家祭重二至，祠祭則重二分。《大宗祠祭規》中關於二分祭日所記甚詳，今節錄之：

「大宗祠於二分之祭最重。祭先五日，寫帖數張，黏示通衢數處，知會統族。祭日黎明鳴鑼邀集，至再至三，遲者聽其自誤，與祭不到，不准飲酒。」

「**大廳中堂祭品祭器式**　湯豬全體，蒸羊二腔，熟鵝二隻，肥雞二隻，鮮魚二尾，饅首二盤，秋分加月餅一盤，減饅首一盤，五事全副，供花一對，桌圍三張，面架一座，手巾一條，銅盆三面，水果五碗，高尺三，半通一對，黃香一兩，方桌二張，半桌二張，蒲墩拜墊。」

「**神座前祭筵式**　水果五碗，高一尺，案菜兩桌，陳酒兩壺，宵燭一對，大紙兩塊，足錠一千，祭文一通，三獻每三，酒羹飯，湯飯杯箸廿四副。」

「**飲福式**　每桌十味，五人合席，各人給饅首二枚。豬羊等肉俱照分量，以熟為度。酒用真陳，司酒者當堂開罈。每桌先給酒簽兩支，酒有定提，每壺兩提，不得增減，違者公同議罰。

豬肉熟一斤，白切。羊肉熟十兩。拌雜，藕。腸肝，裝鵝熟八兩，鮮魚生一斤，羊雜，裝雞六兩，芽豆，血湯。」

案祭桌用香爐一，燭臺二，插供花之瓶二，通稱五事，如無花瓶則稱三事，多以錫為之，間有用古銅者。

水果高尺三或一尺者曰高果，與高茶相似。大抵用竹簽穿金橘荸薺等，數本直立，插黃土墩上，置特製錫碗中，但以飾觀瞻，不中吃也。飲酒每席五人，桌一面懸桌幃，對面一座，由房份長老分占之，上下四座則後輩雜坐矣。

春秋分日祠祭照例有祭文，汪氏《祭規》所記秋祭祝文較為簡明，錄之以為一例。文曰：

「維年月日，主祭裔孫某率各支大小等，謹以剛鬣柔毛，清酌時饈之儀，致祭於始祖考云云，以暨闔堂先靈豐神座前曰，祭以時舉，孝思是將。懿惟祖德，源遠流長，十世百世，勿忽勿忘。豳歌其獲，早稼登場，我稻可薦，我酒可觴。敬修祀事，濟濟蹌蹌，我祖顧之，庶幾樂康，式飲式食，降福穰穰。尚饗。」

平氏《祭簿》不曾記有冬夏二至祭祀成式，唯誕諱祭祀時卻用祝文，今錄其一：「維年月日，孝宗孫某等，謹以清酌庶羞之奠，致祭於幾世祖考某某府君之神位前曰，嗚呼，歲序流易，誕日復臨，追遠感時，不勝永慕。薄具牲醴，用申奠獻，謹奉幾世祖妣某太君配享。尚饗。」

簿中所記誕諱日期共有十六，祭文則只此一篇，唯改換人名及誕諱字樣而已。誕諱祭祀俗稱做忌日，用祝文者似不多見，而用法簡便，亦復特別，歲序流易等四句樸實可喜，文詞簡易而意思充足，非凡手所能作，或出於平景孫之手乎。

《祭簿》中記錄最詳的是清明掃墓成規，原有婁公，花徑，璜山三處，大同小異，今錄婁公一篇，取其最完備也。

「座船兩隻（小注云，向例歲內冬至宗祠內匯齊，寫定船票，清明前後為期，每只約船錢銀三錢幾分不等，臨時給船米七升五合，酒十五觔，魚二尾，雞蛋二個，折午飯九四錢百文，點心等俱無。後改一切俱包，回城上岸時每只給撣艙酒一升壺。）今改大三棹船一隻，酒飯船一隻，廚子船一隻，吹手船一口，吹手四名。

「祀後土神祭品，肉一方，刀鹽一盤，腐一盤，太錠一副，燒紙一塊，上香，門宵燭一對，酒一壺，祝文。

「墓前供菜十大碗，八葷兩素，內用特雞。三牲一副，鵝，魚，肉。水果三色，百子小首一盤，墳餅一盤，湯飯杯筷均六副。上香，門宵燭一對，橫溪紙一塊，大庫錠六百足，祝文。酒一壺，獻杯三隻。

「在船子孫每房二人。值年房備茶，半路各給雙料葷首兩個，白糖雙酥燒餅兩個，粉湯一碗，近改用面。散胙六桌，八葷兩素，自同治三年起減為兩桌。每桌酒幾壺不等，醬油醋各二碟。小桌二桌，三爐十碗。吹手水手半路各給小首二個，燒餅兩個，粉湯一碗，近年止改用麵一中碗。管墳人給九四錢二百文，酒一升壺。」

案酒十五釣即是十五提，普通只寫作吊。九四錢以九十四文作一百，當時無足陌錢，至多亦止九八而已。三棹今通稱三道船，亦稱三明瓦，謂有蠣殼窗三重也。百子小首者小饅首之略，墳餅當是上墳燒餅，雙酥燒餅每個二文，此則或是一文兩個也。三爐碗係家常用菜碗，較大者名二爐碗，或稱斗魁，更大則是大碗公矣。

掃墓照例有祝文，《祭簿》亦載有成式，三處均是同文，今錄其一於下。祝後土祝文云：

「維年月日，信士平某敢昭告於某地後土尊神之位前曰，惟神正直聰明，職司此土。今某等躬修歲事於幾世祖考某某府君幾世祖妣某氏太君之墓，惟時保佑，實賴神庥，敢以牲醴，用申虔告。尚饗。」

墓前祝文云：

「維年月日，孝宗孫某等，謹以清酌庶羞之奠，致祭於幾世祖考某某府君幾世祖妣某氏太君之墓前曰，嗚呼，歲序流易，節屆清明，瞻拜封塋，不勝永慕。薄具牲醴，用申奠獻。尚饗。」

這兩篇文章也都簡要得體，祭墓祝文更與忌日所用者相同，尤有意思。

大抵祭祀原是儀式，必須莊重，因此儀文言動也有一定規律，乃得見其嚴肅，這祝文程序的一致，我想即其一端。有些人家用掃墓祝文不是一樣，多就各地發揮做去，文詞絢爛，聲調響朗，容易失卻莊嚴之致，反不合式。因平氏祝文而想到，覺得簡單莊重實為祭祀之要點，繁文縟節，僕僕亟拜，均非所宜也。

上述祭規中未記拜法，蓋因人人皆知也，唯各處風俗亦不盡同，今就所知補記於此。

平常祭祖先，家長上香後以次四跪四拜，拜畢焚紙錢，再各一跪四拜，家長奠酒，一揖，滅燭，再一揖，撤香禮畢，祠墓祭行三獻，人多不能參與陪祭者，於獻後分排行禮，四跪四拜畢即繼以一跪四拜，中間不再間斷。

此種拜法不知始於何時，唯通行頗廣，所謂拜者乃是叩首兼揖，其一跪三叩首則俗稱為官拜，唯弔喪時用之。婦女只用肅拜，合兩袖當胸，上下數四，跪而伏拜，起立又拜而退，俗語稱婦女拜曰時越切，亦須以鄉音切之，國語無此音，疑其本字亦只是肅耳。

范嘯風著《越諺》三卷，為破天荒之書，唯關於祭祀名物亦多缺略，上文所注多記憶所及，述其大概，未能詳備。吾家舊有祭簿，悉留越中族人處，未得查考，七世致公祭祭規為曾叔祖一齋公所訂，具有條理，大旨與平氏相似，唯記得簿中記有忌日酒菜單，大可備考，今不得見，甚可惜也。

民國癸未十月十五日。

讀鬼神論

偶然買得《鈍硯卮言》一冊，有小引署道光戊申，元和錢綺自識。案張星鑑《仰蕭樓文集》中有《懷舊記》，其第二則即記錢君事，云好《左氏傳》，著《左札》七卷，又熟明季遺事，著《南明書》三十六卷，復治算學，成《蘇城日晷表》一卷，咸豐八年卒，年六十一。

張君出陳碩甫門下，治漢學，其為文以淵雅為宗，昭明是尚，讀其遺集，心甚愛好之。《懷舊記》云，所錄計十人，皆文章學行有益於余者也。由此推想，錢君亦當非凡人，乃讀《卮言》則四分之三均談天文地理，三十九篇之中所能瞭解者才有十篇左右，未免失望。

其中有《鬼神論》，卻很有意思，娓娓千三百言，情理兩備，為不可多得之作。如篇首云：

「鬼神生於人心，自為不易之論。人心有所敬，則為天地五祀之鬼神，人心有所愛，則為祖考眷屬之鬼神，人心有所畏，則為妖異厲惡之鬼神。蓋人與物皆秉陰陽二氣以生，及其死而魂氣歸於陽，形魄歸於陰，既散者不可復合，何鬼神之有，然人心至靈，心之所結，無形而若有形，無聲而若有聲，古聖王因人心而制為祭祀，以作其不忍不敢之心，俾無形無聲中猶且致其愛敬與畏，以報生成之德，以嚴幽獨之防。」

又云：

「自古至今，事鬼物之儀物亦屢變，誰實為之，人為之也。試問今之楮衣冥鏹諸物而果可用乎，則金銀皆外實中虛，衣服皆有表無裡，楮衣冥鏹而果無用乎，則何以索衣索鏹，或形諸夢寐，或托諸巫言，蓋人心以為可用，遂若有用之者耳。古無神仙之說，自秦始皇信方士求不死之藥，而有所謂十洲三島者，有所謂屍解飛升者，以至符籙乩仙諸術，亦時見靈異。古無地獄輪迴之說，自天竺法入中國，而或有既死復蘇言冥司事者，或有托生他處能記前生事者，或有為活閻羅走無常者。惟因人心而生，故其變幻之端亦隨世而增益。……且子女擾雜之地，祠廟不靈，愚賤禱媚之誠，木石著異，凡此之類，莫非人為之也，人為之而鬼神即應之，信乎鬼神之生於人心也。諺云，陰陽只怕懵懂。此言至為孟浪，卻至為有理，其人心無鬼神，鬼神亦竟無矣。」

其結論云：

「總之鬼神生於人心，不可斥以為無，亦不可執以為有。斥以為無，則祭祀不能盡誠，執以為有，則巫妖得以鼓惑。孔子曰，鬼神之為德，其盛矣乎。又曰，務民之義，敬鬼神而遠之。此之謂能事鬼神，此之謂知鬼神之情狀。」

案焦里堂《易余龠錄》卷十，引明王子充撰《御史嚴天祥墓銘》，記在傳說祠側見鬼事，論之曰：

「鬼神本與人遠，人日近之，則鬼亦近人，故禍福休咎之靈，必出於素信鬼物之人，遠之則不靈矣。孔子所謂敬鬼神而遠之，非徒不惑於虛而已，故與之親與與之忤皆不可，此遠與敬所以相因也。」

此與上文可相發明，禍福休咎之靈，必出於素信鬼物之人，即上文所云，愚賤禱媚之誠，木石著異。俗諺云，陰陽只怕懵懂，說得遠之則不靈的這一反面，又云，疑心生暗鬼，亦即是正面的說明矣。與之親與與之忤皆不可，即上文所云，不可斥以為無，亦不可執以為有，意見正是相同也。

鬼神生於人心，這句話本來也很平常，但是我頗覺得喜歡，因為與我的意思有點相合。在十年前我寫過一篇小文，名曰「鬼的生長」，其中有云：

「我不信鬼，而喜歡知道鬼的事情，此是一大矛盾也。雖然我不信人死為鬼，卻相信鬼後有人，我不懂什麼是二氣之良能，但鬼為生人喜懼願望之投影則當不謬也。陶公千古曠達人，其《神釋》云，應盡便須盡，無復更多慮，在《擬輓歌辭》中則云，欲語口無音，欲視眼無光，昔在高堂寢，今宿荒草鄉。陶公於生死豈尚有迷戀，其如此說於文詞上固亦大有情致，但以生前的感覺推想死後況味，正亦人情之常，出於自然者也。常人更執著於生存，對於自己及所親之翳然而滅，不能信亦不願信其滅也，故種種設想，以為必繼續存在，其存在之狀況則因人民地方以至各自的好惡而稍稍殊異，無所作為而自然流露，我們聽人說鬼，實即等於聽其談心矣。」

後來又在《說鬼》的一文中云：

「我們喜歡知道鬼的情狀與生活，從文獻從風俗上各方面去搜求，為的可以瞭解一點平常不易知道的人情，換句話說就是為了鬼裡邊的人。」

所謂鬼裡邊的人，即是使這些鬼神，以及事鬼神之儀物，神仙之說，地獄輪迴之說等等所由生的人心是也。

哈里孫女士著《希臘神話論》引言中有一句話，說得很得要領：「諸神乃是人間欲望之表白，因了驅除與招納之儀式而投射出來的結果。」我所說的只是鬼一邊，現在這樣便已滿足，神的一邊也就有了。錢君所列舉的敬與愛與畏，說鬼神之所由起，很是圓到，我說的一節也即屬於愛的部分，但這只是關於現今的方便說法，實在說最重要的還是畏居第一，末了是愛，敬只介在中間，講到底如不是敬畏也就是敬愛，單是敬的幾乎可以說是沒有。

人間的大欲望是生與生生，凡對於這個有妨害的必須設法防禦，若是有利益的自當竭力奉迎，宗教根本意義只是驅邪降福，所謂驅除與招納之儀式，即鬼外邊，福裡邊二語盡之矣。在巫師以自力作法的時候，這都好辦，到得司祝但憑他力，承令旨取進止時，比較的少把握了，叩頭乞恩與供物求宥反正其結果都出於不測之威，所以還是以畏為主。

說福進來時彷彿有著一種咒力，若是開大門迎財神爺，他肯光降與否就不一定，又世人雖重財，而敬火神則尤虔誠，這是很有意思的。上邊所說由愛而生的鬼神，也即是古人所謂不死其親的意，極富於人情，不過很是後起的事，而且愛不勝畏，往往儼存於儀式中，蓋眷屬雖親，鬼則可恐，鄉間詩禮之家喪出猶不忘碎碗，回喪則越火煙而過，皆是對於死者的恐怖之表示。

世間高級宗教中對於無形的神之敬與愛，鄙人少信未能知道，若是凡民的俗信卻是很有興趣，倘得有暇多搜集資料，整理紬繹之，亦是快心的事也。小時候聽念佛老太婆說，陰間豆腐乾每塊二百文，頗覺得詼詭可喜，雖然當時不曾問她的依據，唯其陰間物價極高的意思則固可以瞭解。

陰間的人尚在吃豆腐乾，則他物準是，其情狀當與陽世無甚殊異，此又可以推知，至於特別提出豆腐乾而不云火腿皮蛋者，乃是念佛老太婆的本色，亦甚有意思者也。這樣一件小事，在我覺得比高談心性還有興味有意義，值得費點心思來加以考索。古人詠史詩云，不問蒼生問鬼神。漢宣帝的事情我們且不管他，但是鬼神原是與蒼生有密切關係的，只要談的適當，這與諮問民間疾苦可以有同樣的效用。我們敬鬼神而遠之，對於鬼神的問題卻當加意考察，因其中蓋有人心的機微存在也。

民國甲申五月十六日，北京。

俞理初的著書

我與俞理初頗有緣。他的著作我得到了不少，雖然刊行的就只有三種，其各種刊本我卻都已收得了，計有《癸巳類稿》四部，《癸巳存稿》三部，《四養齋詩集》一部。

寒齋舊有《類稿》《存稿》各一部，皆係通行本，《類稿》刻於道光十三年，《存稿》則是光緒十年重刊者也。後來在北京得《類稿》巾箱本，乃光緒中會稽章氏式訓堂所刻，及安徽叢書第三期書出，又於其中得影印《類稿》，乃經俞君晚年手訂，多所增益，書於書眉者。

《類稿》各本大抵已盡於此，但我又有一部，仍是道光求日益齋刻本，經過李越縵收藏批註，亦有可取，故復另列。原書係後印，紙墨俱劣，目錄後空白有題字六行云：

「咸豐十年庚申八月，元和顧河之孝廉持贈，越縵學人。此書見聞極博，自經史以及談諧小說，無不賅綜，甘石岐黃之書尤所留意，惟好自炫鬻，繁徵博引，筆舌迂宂，轉晦本義。又如《節婦貞婦說》，《妒非女人惡德論》，《佛經論》，《紅教黃教論》等，持論偏頗，引用不根，皆其所短，而淹洽貫串，終不可沒也。是月二十一日，蓴客記於都城宣南困學僑齋。」

案《越縵堂日記》咸豐十年庚申八月十一日條下云：

「河之來告明日行，以凌廷堪次仲《校禮堂集》，俞正燮理初《癸巳類稿》為別。」

顧河之名瑞清，為澗蘋之孫，日記中稱其年四十餘，粥粥篤謹學問人也，聽其談古籍源流甚悉，固有得於家學者。查二十一日條下則並無記錄，只言英法聯軍和戰事，蓋其時正軍逼都城，在焚圓明園前二日也。書上批註凡十七處，大抵皆示不滿，唯據上文所題，雖學風不同，而亦仍不能不表示佩服耳。

咸豐十一年六月二十日條下云：

「新安經學最盛，能兼通史學者唯凌次仲氏及俞君。其書引證太繁，筆舌冗漫，而浩博殊不易得。」

同治元年十月二十三日條下云：

「理初博綜九流，而文繁無擇，故不能卓然成一家言，蓋經學之士多拙於文章，康成沖遠尚有此恨，況其下乎。」

由此可見在此三年中越縵常閱《類稿》，佩服之意與年漸進，末了則於筆舌迂冗一事，亦有恕詞矣。

《癸巳存稿》最初有道光二十八年靈石楊氏刊本，但據同治八年胡澍跋云，《存稿》十五卷，靈石楊氏刻入連筠簃叢書，而流傳甚少。又光緒十年重刊本姚清祺序云，購諸書肆杳不可得，緣其書刊自山右，兵燹後板之存否未可知也。可見此本頗不易得，胡甘伯題記已距今八十年矣，寒齋乃能偶然得到一部，雖或未能如連筠簃刻本桂氏《說文義證》之難有，總之亦殊可喜矣。

此外又有一部，原來亦仍是光緒重刊本，但經過平景孫收藏批註，每卷有朱文安越堂藏本方印，目錄下有印二，白文曰曾經滄海，朱文曰上下今古。全書有墨筆圈點，卷中改正增注者凡七處，總目之後題字二行云：「甲申九月二十一日斠，時濕注臂臑，捉筆不定，塗鴉殊可憎也。」蓋即是刻書之年也。卷末又有題字三行云：「理初先生敘述文字，無一字拾古人牙後慧，謀篇制局，亦絕不似八家，細按之無不自《左》《史》出，澤古深者宜善是也，世徒以考訂推先生，失先生矣。七夕。」

白文印曰楝山。後又題曰，七月廿八再斠一周，蒲明子。此二項不紀年，或是甲申之次年歟。此處平氏所言與李氏正相反，鄙人雖未能完全贊同自《左》《史》出之說，但亦覺得俞君之文樸質可喜，殆因不似八家之故，與鄙見有相合者也。

《四養齋詩稿》三卷，咸豐二年夏校刊，程鴻詔跋，共三十六葉，計詩百五十五首。余所得一本係竹紙印，卷首有方印朱文曰，汪氏雲蓀校讀圖書，末尾白文印曰，平陽汪氏藏書。

余有題識書於卷頭別紙，文曰：

「俞理初詩自稱甚不佳，亦正不必以詩重，唯詩以人重，後世自當珍惜也。《四養齋詩稿》刻板去今才九十年，而今已甚少見，蓋中經太平天國之亂，久已毀滅，吾鄉蔡孑民先生為俞君作年譜，求此稿終不可得，乃從皖人借讀之。寒齋於不意中能得此一冊，大可欣幸，正宜珍重護持之也。中華民國三十一年八月三日雨中，知堂記。」

案據程跋謂俞君自記有云詩甚不佳，已付惜字簍，忽見詩中世上盡多善悟人句，因復存之。今查原詩在卷三中，題曰「個中」，今全錄於下，以見一斑。

豪竹哀絲動畫塵，等閒笑傲亦前因。個中無限難圓夢，世上盡多善悟人。車馬勞身拋素業，鶯花過眼惜青春。圍爐我亦酣歌者，落拓遊蹤難重陳。

以下共有三十首，多似無題之作，其中唯有七言四句者一首題曰「古意」而已。

民國癸未十一月二十日。

陶集小記

我平常很喜歡陶淵明的詩。說到陶詩，差不多不大有人不喜歡的，這難道確是雷同附和麼？也未必然。陶詩大概真有其好處，由我個人看來，當由於意誠而辭達乎。陶集板本甚多，橋川既醉郭紹虞諸君已有專篇著錄，我輩見之只有望洋興嘆，但願案頭有一兩部紙墨明淨的本子，可供朝夕披誦，也就滿意了。日前為得查考形夭無千歲的問題，把架上所有的陶集拿來一翻，實在貧弱得很，不但沒有善本，種類也並不多。但是關於兩三種覺得有點閒話可說，所以記了下來，依照《買墨小記》之例，定名如上。

寒齋所有的陶集不過才二十種，其中木刻鉛字石印都有，殊不足登大雅之堂，不過這都沒有關係，反正供常人翻閱，也大抵可以夠用了。今列記於下：

甲，《箋注陶淵明集》十卷，四冊，李公煥集錄，貴池劉氏玉海堂影宋叢書之十一，民國二年刻成。

乙，同上，二冊，四部叢刊初集本，民國十年頃上海涵芬樓影印。

丙，《陶淵明詩》不分卷，一冊，曾集編，續古逸叢書之三四，民國戊辰涵芬樓據紹熙本影印。

丁，《陶靖節先生詩》四卷，二冊，湯漢注，嘉慶元年吳氏拜經樓刊本。又同上一冊，光緒中會稽章氏重刊。

戊，《陶詩集注》四卷，四冊，詹夔錫纂輯，康熙甲戌刊，附《東坡和陶詩》一卷。

己，《陶靖節集》六卷，二冊，方熊誦說，侑靜齋刊本。案侑靜齋所刊有《文章緣起注》，方氏跋署康熙甲戌，可以推知陶集刊行時代當相去不遠也。

庚，《陶靖節集》六卷，二冊，康熙甲戌胡氏穀園刊本，民國戊午上海中華書局影印。

辛，《陶公詩注初學讀本》二卷，一冊，孫人龍纂輯，乾隆戊辰一經代授山房刊。

壬，《陶詩本義》四卷，抄本一冊，馬璞輯注，乾隆庚寅序，此書有刊本未見。

癸，《靖節先生集》十卷，四冊，陶澍集注，道光庚子刊本，又江蘇官書局有重刊本。

子，《陶淵明集》十卷，二冊，光緒二年徐椒岑仿縮刻宋本，前有莫友芝題字，世俗所謂莫刻本也。

丑，《陶靖節詩箋》四卷，一冊，古直著，隅樓叢書之一，民國十五年鉛字排印本。

寅，《陶淵明詩箋注》四卷，一冊，丁福保編纂，民國十六年鉛字排印本。

卯，《陶淵明文集》十卷，四冊，世稱蘇東坡寫本，汲古閣用錢梅仙摹本付刊，嘉慶十二年丹徒魯氏重刊本。

辰，同上，二冊，同治癸亥何氏篤慶堂用姚銓卿臨本重刊者。

巳，同上，三冊，光緒己卯陳澧題記，據胡伯薊臨本重刊於廣東。

午，同上，二冊，光緒五年會稽章氏用汲古閣影宋本刊，無題跋，蓋是章石卿也。

未，同上，二冊，即是章氏原板，而改題光緒十四年九月稷山樓藏。淵明小像後添刻四言贊十八句，署光緒庚寅七月四十五世孫濬宣敬贊，卷末有跋二首，文云：

「放蘇體書《陶靖節集》傳自南宋，波磔戈點，具法眉山。嘗謂靖節之詩天懷簡至，純任自然，流水白雲，神行無跡，東坡興寄亮特，遇物超然，其所為詩風格雖殊，性源則一，惠州所和，幾同笙磬，即論心畫，亦本天真，如雲在天，如水行地，故寫靖節詩者惟蘇書為宜。吾鄉郡東陶氏，係本柴桑，代傳竹帛，吾友文沖同年邃精墳典，著述斐然，八法之工追跡漢魏，今得此本，墨而傳之，踵企先芬，模範高躅，不特此集增一善本，而銀鉤璀粲，冠家集之珍琱，翠墨風流，補稽山之韻事矣。光緒庚寅夏五，越縵李慈銘書。」

刻有三印，朱文曰湖唐林館山民，白文曰慈銘私印。又朱文四行印曰，道光庚戌秀才，咸豐庚申明經，同治庚午舉人，光緒庚辰進士。

「予家舊藏陶集湯注大字本，紙墨安雅，非必宋槧，然出汲古本以前，獻童幼未能校讀，旋復散佚。近時會稽章氏刻吳騫本陶詩，即湯注也。汲古主人毛扆嘗得舊寫本徵士集，相傳為東坡書，卷中避諱闕筆審為宋本，鬻及借人為不孝則元以後印記。

「毛氏鉤刻之本傳世甚稀，殆如星鳳，邇者人間取傳本上木，點黦豐蔚，神采不遠，抑亦老成典刑已。刻成板歸同年友陶君文沖，弆諸稷山草堂，所以述祖德，寄古懷，乃橅印分貽同學……，獻得之觸手光發，頓還舊觀。念魏晉以來別集專行絕少，往往掇拾竄亂，亡復真本，獨靖節集卷第目錄尚為昭明太子敘次之書，此本出宋賢手跡，首尾完具，垂垂六七百年，傳諸好事，輾轉鉛槧，輝映藝林，今又歸諸好學篤信之雲仍，尊若鼎彝，世守弗墜，後有考證藝文如王伯厚者，增成故實也已。光緒己丑冬十月，杭州譚獻仲儀跋。」

後刻白文印曰濬宣長壽，又朱文曰會稽陶氏稷山樓藏書，此跋審字跡蓋是陶氏所書也。

案會稽章氏翻汲古閣影宋本雖著錄於《書目答問補正》，而流傳甚少，其後原板歸於陶氏，極印分貽，亦大是好事，但須明著來源，不唯大方，亦見盛德，乃讀李譚二跋，均隱約其辭，似從道旁拾得者，此何故耶。

譚跋上邊已說及章氏刻湯注陶詩，而其後乃泛稱之曰人，或者未知此即是章石卿歟。昔嘗見有人得杜氏《越中金石記》刻板，稱為新刻，此在市人亦不足異，稷山居士雅人，似不宜如此也。

申，《靖節先生集鈔》不分卷，二冊，陶及申較錄，手寫本。首葉總題菊徑傳書，靖節集，筠廠手錄，朱文印曰會稽陶氏家傳。陶氏有各書鈔讀，《筠廠文選》中收錄其小引二十篇，陶集小引未見，今錄於下：

「靖節詩非惟不能學，亦不可學。昭明選不多，而選者自佳，東坡譏之太過。《晉書》《宋書》《南史》俱為靖節立傳，序靖節詩文者無慮數十家，總無出昭明右者，即白璧微瑕一語，亦緣愛人以德，何可輕詆也。集本多舛謬，諸校刻都自稱善，獨恨其不多缺疑，則真所謂小兒強解事者耳。原載《群輔錄》而不載《搜神後記》，今仍之。庚申桂月，及申謹識。」

案其時為康熙三十一年，筠廠五十七歲，所言較以前各文甚為簡要，書名為鈔而實係全部，與所抄《帝京景物略》同，蓋其所喜也，各種抄讀寒齋共得五種，其中亦以此二書為最可珍重也。

《和陶集》不分卷，抄本一冊，張岱評。書名和陶，而實則具錄淵明原詩，附列東坡和作，其後有張宗子補和者二十五首，前半有張氏評語，其評宗子和作部分或出於王白嶽輩之手乎。

抄本在東坡和詩末尾有朱筆題記五行云：

「張岱號蝶庵，所著小品如《西湖夢尋》，《越人三不朽》，已經梓行，其未梓者有《陶庵文集》，《石匱全書》，《夜行船》，《快園道古》數種。茲編予於會稽謝氏案頭見之，丹墨猶新，蓋其手自評點者也，較訂陶集異同各字，視他本最善，因借抄一冊，以為行笈秘玩云。戊子仲冬朔有三日，漢陽朱景超識。」

宗子和詩後又有三行云：

「右蝶庵和陶，如和規林阻風及六月遇火等作，中間塗抹不一，或注改字另入字，此蓋其未定稿也，姑仍之，以俟獲正集時再訂。虎亭識。」

案抄本中胤字缺筆，所署戊子當是乾隆之三十三年，去今亦已百七十五年矣。宗子對於東坡殊不客氣，評淵明詩固多傾倒，但也有一兩處，如《答龐參軍》批云，亦是應酬語，又《和胡西曹》批云，陶詩亦復不佳，語甚戇直，陶詩評語中殆不多見，頗有意思。

宗子和陶詩有小引云：

「子瞻喜彭澤詩，必欲和盡乃已，不知《榮木》等篇何以尚遺什分之二，今余山居無事，借題追和，已盡其數。子瞻云，古人無追和古人者，追和古人自子瞻始。乃今五百年後，又有追和古人者為之拾遺補闕，子瞻見之，得不掀髯一笑乎。」

宗子所和詩不知視東坡何如，讀去覺得卻也還不惡，但我感覺有意味的，乃是於此搜得宗子逸詩多首，又有好些資料，如《和贈長沙公》序中有云：「博聞洽記，余慕吾家茂先，因於讀《禮》之暇，作《博物志補》十卷，以續其韻。」

可知宗子尚有此種著述。又《歸鳥》原本四章相連，和作則分為四首，序云：「會稽土產，日鑄茶，破塘筍，謝橘，楊梅，他方罕比，東坡有言，無事而受此諸事之備，慚愧慚愧，因和淵明《歸鳥》韻，作詩頌之。」

鴿峰草堂周氏抄本《陶庵詩集》中有《詠方物》五律三十七首，得此四章，可以增補。詩集中有四言《述史》十四章，與此本不同，又五言《和貧士》七章，《和述酒》，《和有會而作》，《和挽歌辭》三章，此本均無之，蓋因東坡已和，故不重複收入歟。

以上各本中唯章石卿陶心雲仿蘇本有故實可考，陶筠廠抄本與張宗子評本各有意見，又希見可貴，而恰巧都是會稽山陰人，亦頗妙也。鄙人固是真心愛好陶公詩文，此處所言乃似出於鄉曲之見，誠哉我猶未免為鄉人也，但此亦正是不妨，因其為事實耳。

民國癸未十一月廿六日。

關於王嘯岩

王訢，字嘯岩，山西塗陽人，著有《明湖花影》三卷，嘉慶五年刊，《青煙錄》八卷，附《嘯岩吟草》一卷，嘉慶十年刊，寒齋均有之。王曉堂著《歷下偶談》卷四中有一則云：

「山右布衣王嘯岩訢，負不羈才，俯視一世，不屑屑事功名，專索金石古制及詩歌曲詞，以故奔走四方，迄無真賞，竟以困終，惜哉。當其壯歲，客歷下廿年，辛未過夷門與余相晤，每及齊中故事，欷歔不盡言。既余到東，方詢悉嘯岩蹤跡，蓋有不得已之情，始為《香譜》《花影》以見意，如所謂《會緣記》者，顧安在哉。且夫天不靳人以才，何獨靳人以遇，困厄曲成，發而為慶雲霖雨，世固不乏，然如嘯岩之才，終於窮餓，徒使英略雄姿埋諸丘壑，不亦多此才乎。乃有感於嘯岩之事，錄其詩數句，不計工拙，以存其人可也。《感懷》云，豈但利名皆苦海，須知歡喜是冤家，至《落花》一聯，空自挾嬌爭豔色，偏他有命老重茵，尤為感憤激烈。」

案《感懷》一聯見《吟草》中，題為「有所寄」，小注云，年來習靜，輒數月不出，湖上諸姬時訪余音耗，問起居，詩以謝之。但須知此作也知，似差勝，《落花》詩未收。

《明湖花影》孫藹春序中云：

「嘯岩少為晉諸士，倜儻有奇氣，睹記博雜，好持論古今大事，作科舉文不屑屑就繩墨，以故棘闈七被黜，乃適都下欲求升斗粟，而數多坎坷，前後十餘年卒不可得。於是之山左，以刀圭術為人治疾厄輒效，因以糊口，噫，亦窮甚矣。嘯岩淡於欲，與人語未嘗及資財，人有干其術者投以錢帛亦取，不與亦不較。官山左者數公雅敬重之，屢迎致幕下，卒辭去，退而息於明湖左古剎，一裘一葛，一蔬一餐而已，惟好飲，又好攜郎童小樂府，遊興至輒倩人調絲竹，手檀板而歌，其聲悲壯，聲色俱見，聞者或為掩泣。」

作序者係其友人，故所敘較詳，雖不免稍有藻飾，但即此總可以知道其生平大略了。

我最初購得《明湖花影》，本不知著者為何如人，實在只因想收羅這一類著作，所以也收了來而已。余澹心著《板橋雜記》算是署名之作，此後的人便都是躲躲閃閃的，寫上些古怪希奇的別號，等得大家看慣了也就認為固然，即如王韜，宿娼吸鴉片已不必諱言，所著《海陬冶遊錄》也題作玉生，是近代的一個好例。

《明湖花影》卻是開卷大書云，塗陽人王嘯岩著，這是很特別的事。《花影》內題三種，即是品題，詩話，補遺三部分，《會緣記》收在補遺中，原名為《繪緣記》，乃是一篇小文，敘述訪湖上名妓疏娘，獨見賞識，縷縷九百言，多感恩知己語，蓋文人不遇寄其牢騷，亦常有事，猶李越縵之讚菊部三珠，特別稱頌霞芬耳。

我所覺得很有意思的乃是補遺中的別的文章，即《態度論》與《詞曲論》是也。

《態度論》云：「自古妓歌舞之法失，而青樓於是乎少態度，自非性分尤雅，未有不失之粗與浮者。何也？失其所養故也。古妓歌必舞，舞以暢歌之神理，而曲折俯仰，優柔漸漬者久之而後躁氣平，矜心釋，骨節自底於安雅，雖不歌不舞而態度綽然也，古人操縵安弦，亦猶是也。嘗讀庾子山詩，至頓履隨疏節，低鬟逐上聲二句，為之沉吟不語者累日，竊以為歌舞古法之傳，賴此十字。」

此下說明從略，王君能歌，其專門語非鄙人所能了知也。案此類意見前人亦曾說及，李笠翁在《閒情偶寄》卷三，聲容部選姿第一下列有態度一款，乃只狹義的釋作媚態，以為態自天生，非可強教，至習技第四下又列歌舞一款，所說很相近：

「昔人教女子以歌舞，非教歌舞，習聲容也。欲其聲音婉轉，則必使之學歌，學歌既成則隨口發聲皆有燕語鶯啼之致，不必歌而歌在其中矣。欲其體態輕盈，則必使之學舞，學舞既熟則回身舉步悉帶柳翻花笑之容，不必舞而舞在其中矣。古人立法，常有事在此而意在彼者，如良弓之子先學為箕，良冶之子先學為裘，婦人之學歌舞即弓冶之學箕裘也。」

湖上笠翁殊多創見，文章亦爽利可喜，唯嫌其有八股氣，又因習於做清客，其思想與態度多不免有粗俗處，所可惜也。教歌舞以習聲容，與《態度論》的主旨大體相合，但李君尚沾滯於歌舞的直接影響，王君則更進一步，以歌舞為手段，以養成安雅的態度為目的，迨矜平躁釋的地位達到，燕語柳翻亦復何所用之哉。

大抵平心論之，如只談妓樂，笠翁的話本亦未為謬誤，王君所言更為合理，卻又超出歌舞之外，其理可通於教育，亦不限於女子，即在男子教育上一樣可以應用，學校中的體操與唱歌的原意本來也就如此，只可惜現在成為具文，其本身且將漸失之粗與浮，自然難望有好的效能了。

《歌曲論》亦多好意見，如批評唱曲之弊云：

「歌者往往模稜其字，不著力於字之頭尾，而敷衍於腰腹公共之聲，此聞者之所以欲臥也。且曲必有情，雖小曲亦有寫景寫懷，寫愁寫怨，寫相思寫離別之不同，如開口時全無體會，即發聲字字高亮，而神味終是索然，雖欲動人得乎。」所說極合情理，即如鄙人純是外行，亦覺得可佩服。

近來中國似已只有皮黃戲與電影唱歌，原來歌曲之技術殆已失傳了吧，王君所言蓋尚是百年前事也。

《青煙錄》係講焚香的書，鄙人對於香別無愛好，所以買得此書，亦只因其為王嘯岩著而已。全書八卷，首為青煙散語，亦即凡例，次為香典故，香考據，各二卷，繼以香類品，焚爇譜，香事考，香類記，各一卷，類聚香事，可資省覽，文字亦頗雅潔。

近年山西編刊山右叢書，初編三十種，未收此錄，亦是可惜，豈將留待編入二集耶。末卷附有《食煙考》，自火煙水煙鼻煙以及鴉片煙，其一節云：「近時乃有鴉片煙，與諸煙用法迥不類，亦自西洋來，嶺南人多食之。其器用竹長如橫吹而粗，兩頭以銅飾之，其中近上處鑿一孔，煙碗直插其上，碗用泥，大如指頂，而其中僅容米粒許，筒中用棕櫚毛膽之，以防煙燼之突出。煙如膏，置小銀器中。食時用燈宜潔淨，或洋頗黎，或廣錫為之，燃以清油。開燈於中，兩旁各設枕席，食必二人，人據一枕，就燈上臥食之，食其量之半，易位再食，不然則煙力偏，精神或有不到處也。又有小刃若刀錐者二三事，以為挑撥取煙之用。食畢，進以果品，不用茶。」

案據此可以考見嘉慶初年吸大煙之情狀，亦大有意思，與清末相比較，已有不少異同矣。

民國甲申二月末日。

虎口日記及其他

不佞離鄉已久，有二十五年不曾入浙江境了。可是至今還頗有鄉曲之見，特別是關於文獻一方面，很想搜集一點鄉賢著述，以清代為主，宋明的如有自然也收，但如陸放翁，王龍溪，徐文長，陶石匱石梁，王季重，張宗子諸大家而外，有些小詩文集便很難訪求了，所得遂以清代為多，這也是自然的結果。

一面我又在找尋亂時的紀錄，這乃以洪楊時為主，而關於紹興的更為注意，所得結果很是貧弱，除了陳晝卿的《蠡城被寇記略》，楊德榮的《夏蟲自語》一二小篇以外，沒有什麼好資料，使我大為失望。後來翻閱陳晝卿的《補勤詩存》，在卷十三還山酬唱中有一詩題云，魯叔容虎口見聞錄，小注云，「紹城之陷，魯叔容陷賊中，蹲踞屋上，倚牆自蔽，晝伏夜動，凡八十日，幾死者數，僅以身免，然猶默記賊中事為一書，事後出以示人，不亞《揚州十日記》也。」

又見孫子九的《退宜堂詩集》卷二有詩題云，「題魯叔容濺淚日記，並序」。序云，「叔容陷賊中閱八十日，排日書聞見成編，余取少陵詩語名之，並題兩絕句。」同卷中又有題云，「嚴菊泉廣文逸自賊中，賦贈，並序」。茲錄其序與詩於下：

「城陷，菊泉虜系，夜將半，賊遍索賂，斫一人顱，銜刀燈下示怖眾。尋縛十四人遞戮之，既十人遽止，菊泉竟免，次三人袁杜姚並得逸。

聽談已事淚交頤，生死須臾命若絲，夜半燈光亮於雪，銜刀提出髑髏時。」

於是我記住了魯叔容的名字，卻不知道其日記是否尚存，其次是嚴菊泉，也不知道他有否著述。

這樣荏苒的過了二十年之後，於民國癸酉元旦，在廠甸土地廟的書攤上，忽然見到一本陶心雲題簽的《虎口日記》，內署於越遁安子述，可是陳元瑜序中明明說叔容，孫子九陳晝卿的題詞亦皆在，而且還有嚴菊泉的詩兩首，署會稽嚴嘉榮菊泉。其詩云：

錦繡蠡城付劫灰，一編野史出新裁，懍然變色思談虎，我亦曾從虎穴來。
殺人如草血風腥，咋舌誰疑語不經，天遣才人遭厄運，從教魑魅寫真形。

《虎口日記》題頁後書光緒丙申季春鋟於福州，不知為何人所刊，別無記錄，陳元瑜序署同治壬戌，序中稱「虎口日記」，似其原名如此，孫氏題詩在癸亥，陳氏則在丙寅，書名皆不同，豈最初實為見聞錄，其後又改為日記歟。

魯叔容不知其名，《紹興縣誌局資料長編》引補過老人《鄉隅紀聞》，記魯叔容事，大旨亦只是根據日記，唯云山陰人，年七十卒，今假定辛酉遭難時年三十，則至丙申才六十六歲，計刻日記時其人當尚存也。

嚴菊泉的著作雖不可見，但是其履歷卻容易查得多多了。據《光緒甲午科浙江鄉試同年齒錄》，中式第六十一名嚴弼，即是菊泉的次子，不過日記題詞署會稽，而這裡寫的是山陰，恐應以此為準。

上欄開列父嘉榮，注云，「字懷慶，號菊泉，府學增廣生，道光乙未恩科舉人，甲辰會試薦卷，乙巳恩科會試堂備。大挑二等，選授平湖學教諭，內閣中書銜，推升嘉興府學教授，保舉卓異，候選知縣，宦績詳《平湖縣誌》。京都山會邑館設粟主，配饗先賢。著有《見聞錄》，遭難已佚，《鐸鑑》，《越中忠義錄》，《逸香齋詩文集》，試帖詩，待梓。」

再查《平湖縣誌》云：

「嚴嘉榮，字菊泉，山陰人，道光乙未舉人，同治癸亥任教諭。其時值粵匪初平，文教衰息，乃舉行月課，優給膏火，丹鉛筆削，士皆爭自濯磨。又以文廟禮樂缺如，籌置祭器，選取樂舞，豆籩侖翟，講肄時勤。朔望率諸生灑掃廟庭，先師誕日行釋奠禮，春秋丁祭，盡敬盡誠，聲容之盛，觀者歎明備焉。復捐贄田三十餘畝，為禮樂公產及祭胙之需，通詳立案，以垂永久。壬申銓升本府教授，興廢舉墜，亦有政聲。年七十三卒。」

嚴菊泉的著作據《齒錄》所記也有好些，但現今已不可考，只從杭州書店見到他的一冊日記，起同治九年庚午四月朔日，訖十二年癸酉八月二十九日，正是在平湖做縣學教諭，升轉嘉興府學教授這一時期，雖然記有朔望灑掃課文，行香差賀，以及彩蛋香肉等的送禮，可以知道一點七十年前的教官生涯，但是這總還不能滿足我的期望。

此外還有一冊，沒有書名，看筆跡是嚴氏手稿，列記辛酉紹興死難男女的事蹟，大約是《越中忠義錄》的底稿。卷首夾入一紙，題曰「採訪殉義士女啟」，末署同治癸亥春三月，山會同人公具，後有凡例五條，其五云，「殉難以禦賊為上，罵賊次之，尋常為賊所戕，似不勝紀，但無罪而死，情亦堪憫，未忍就刪。」

這裡所說很有情理，蓋嚴氏曾從虎穴來過，對於此等事不但談之色變，亦且思之神傷，其著此書殆出於悲憫之心，與一般高談人心世道者要自不同。全本凡五十葉，如以每葉八人計，所錄亦才及四百人，固不能云詳備，唯其意則自大可感耳。看稿中刪改之跡，言語動作上不無藻飾之處，例以鉏麑觸槐，或亦古已有之，信史本難得，亦可不必深求。

錄中記男子部分之末有一則云：

「山陰王英康居水澄巷，業儒，工時文，為童試翹楚。咸豐辛酉九月廿九日被掠入賊館，繫於門外，俄一賊來問向習何業，答以讀書，賊乾笑謂其黨曰，此人無用處。拽至大善寺木魚下，遂加刃焉，年十九。」

《虎口日記》十月二十七日項下有云，「有馮氏婦者，為余言，賊重讀書人，稱先生，有加禮。」賊固不必一致，但即此可見亂世秀才之苦，幾於無路可走矣。錄中又一則云：

「山陰張柳堂居下和坊，販書自給，事父以孝聞，積資為弟完姻，終身不自娶。辛酉城陷不出，十月五日掠赴蕭山，將啟行，賊見其面有愁色，曰，此人中途必逸，不如殺之。遂被戕於江橋南岸，年三十七。張吉生述。」

觀此乃又歎盜亦有道，陰騺堅決，狠心辣手，世所謂英雄豪傑者非耶，古之名將如曹彬或胡大海，蓋無不如此，或者不如此亦不能勝利，唯成則為王，敗則為賊，非真是《虎口日記》之周文嘉不及《保越錄》之胡大海也。

儒家主忠恕，重中庸，識者辨孔子無殺少正卯之事，正是當然，但亦由此可知其敵不過桓魋柳蹠之流，此事想起來很有意義，只是稍有點陰冷，令人覺得有如感寒耳。

民國癸未十月二十日。

陽九述略

甲申年又來到了。我們這麼說，好像是已經遇見過幾回甲申年似的，這當然不是。我也是這回才算遇見第二回的甲申年，雖然精密一點的算，須得等到民國三十四年，我才能那麼說，因為六十年前的今日我實在還沒有出世也。

說到甲申，大家彷彿很是關心，這是什麼緣故呢？崇禎十七年甲申是崇禎皇帝殉國明亡的那一年，至今恰是三百年了。這個意義之重大是不必說的。

民國初年我在紹興，看見大家拜朱天君，據說這所拜的就是崇禎皇帝。朱天君像紅臉，被髮赤足，手執一圈，云即象徵縊索，此外是否尚有一手握蛇，此像雖曾見過，因為係三十年前事，也記不清楚了。

民間還流行一種《太陽經》，只記得頭一句云：

「太陽明明朱光佛。」這顯然是說明朝皇帝，其中間又有一句云：「太陽三月十九生。」三月十九日正是崇禎皇帝的忌辰，則意義自益明瞭了。年代相隔久遠，東南海邊的人民尚在那麼懷念不忘，可見這一年的印象是多麼深刻。現今民國建立，初次遇見甲申之年，撫今追昔，樂少哀多，聞有識者將發起大會，以為紀念，此正是極當然的事也。

中國古來皇帝國亡身殉者並不少，民間並未見得怎麼紀念。李自成本來不是好東西，但總也比得過明太祖，若是他做得下去，恐怕這件事或者也就麻胡過下了吧。

可是清兵被吳三桂請了進來，定鼎燕京，遺老在東南及西南方面力謀反抗，事雖不成，其影響于人心者實深而且大，末後雖化而為宗教儀式，亦尚歷久不滅焉。但是就當年事實而論，崇禎與明朝其時已為人所共棄，不，至少也為北京內臣外臣之所棄了。

吳慶坻著《蕉廊脞錄》卷五云：

「閱《流寇長編》，卷十七紀甲申三月甲辰日一事云，京官凡有公事，必長班傳單，以一紙列銜姓，單到寫知字。兵部魏提塘，杭州人，是日遇一所識長班亟行，叩其故，於袖出所傳單，乃中官及文武大臣公約開門迎賊，皆有知字，首名中官則曹化淳，大臣則張縉彥。此事萬斯同面問魏提塘所說。按京師用長班傳送知單，三百年來尚沿此習，特此事絕奇，思宗孤立之勢已成，至中官宰相倡率開門迎敵，可為痛哭者矣。」

京中大小臣工既已如此，人民卻是如何？知單開城這種闊綽舉動，固然沒有他們的分，但是秦晉燕豫這幾省當流寇的人雖是為生計所迫，而倒戈相向，也顯然是視君如寇讎了。

朱舜水著《陽九述略》中第一篇致虜之由云：

「中國之有逆虜之難，貽羞萬世，固逆虜之負恩，亦中國士大夫之自取之也。語曰，木必朽而後蛀生之，未有不朽之木蛀能生之者也。楊鎬養寇賣國，前事不暇瀆言，即如崇禎末年縉紳罪惡貫盈，百姓痛入骨髓，莫不有時日曷喪及汝偕亡之心，故流賊至而內外響應，逆虜入而迎刃破竹，惑其邪說流言，竟有前徒倒戈之勢，一旦土崩瓦解，不可收拾耳。不然，河北二十四郡豈無堅城，豈無一人義士，而竟令其韜戈服矢，入無人之境至此耶。總之莫大之罪盡在士大夫，而細民無知，徒欲泄一朝之憤，圖未獲之利，不顧終身及累世之患，不足責也。」

下文敘說明朝以制義舉士，士人以做文章為手段，做官為目的，不復知讀書之義，因此無惡不作，列舉現任官與在鄉官害民之病，凡七八百言，末了結論云：

「總之官不得人，百蔽叢集。百姓者黃口孺子也，絕其乳哺，立可餓死，今乃不思長養之方，獨工掊克之術，安得而不窮。既被其害，無從表白申訴，而又愁苦無聊，安得不憤懣切齒，為盜為亂，思欲得當，以為出爾反爾之計。……是以逆虜乘流寇之訌而陷北京，遂布散流言，倡為均田均役之說，百姓既以貪利之心，兼欲乘機而伸其抑鬱無聊之志，於是合力一心，翹首徯後。彼百姓者，分而聽之則愚，合而聽之則神，其心既變，川決山崩。以百姓內潰之勢，歆之以意外可欲之財，以到處無備之城，怖之以狡虜威約之漸，增虜之氣，以相告語，誘我之眾，以為前驅，所以逆虜因之，溥天淪喪，非逆虜之兵強將勇，真足無敵也，皆士大夫為之驅除耳。」

《陽九述略》收在《舜水文集》中，作為卷二十七，又有單行本，與卷二十八《安南供役紀事》同作一冊，寒齋於全集外亦有此本，封套上有橢圓朱文木印云，全集抄出印本五十部之一。民國初年有重編鉛印全集，云校勘出馬一浮手，而頗多謬誤，今所據仍為日本刻本。此文末署辛丑年六月，蓋明亡後十七年，留予其門人安東守約，文經傳刻，多有生澀處，或由字誤亦未可知，今悉仍其舊。所說官民斷送明朝本非新的發見，唯語頗深切，且謂清兵宣傳均田，人民悉受其愚，此種傳說殊有意義，覺得更值得提出來加以注意者也。

民不聊生，鋌而走險，此亦是古已有之，或者如朱君所言，不足責矣。但是士大夫，為什麼至於那麼不成樣子的呢？說是崇禎皇帝刻薄寡恩，卻也並沒有什麼對不起他們的地方，何至與流寇同一鼻孔出氣，這個原因一定是有而且很深的。

我在小時候看過些明末的野史，至今還不能忘記的是張獻忠這一段之外便是魏忠賢的一段，我覺得造生祠是劃時代的大事，是士大夫墮落的頂點。看過的書一時找不著了，只就《二申野錄》卷七天啟六年丙寅項下摘抄本文云，浙江巡撫潘汝楨請俯輿情，鼎建廠臣祠宇，賜額以垂不朽，從之。小注云：

「禮部閻可陞曰，二三年建媚獻祠，幾半海內，除台臣所劾外，尚有創言建祠者李蕃也。其天津河間真定等處倡率士女，醵金建祠，上梁迎像，行五拜禮，呼九千九百歲，目中真不知有君父矣。創建兩祠者李精白也。其迎忠像旗幟上對聯有云，至神至聖，中乾坤而立極，多福多壽，同日月以常明。若乃毛一鷺之建祠應天，姚宗文張翼明建祠於湖廣大同，朱蒙童建祠於延綏，劉詔薊州建祠用冕旒金像，吳淳夫臨清祠毀民房萬餘間，河南建祠毀民房一萬七十餘間，江西建祠毀先賢澹台滅明之祠，諸如此輩不可勝紀。上得罪於名教，下播惡於生民，取百取千，只博泥沙之用，築愁築怨，爭承屍祝之歡，皆汝楨之疏作之俑也。」

至於生祠的名號，據《兩朝識小錄》說，自永恩祠創始而後，有懷仁，崇仁，隆仁，彰德，顯德，懷德，昭德，茂德，戴德，瞻德，崇功，報功，元功，旌功，崇勳，茂勳，表勳，感恩，祝恩，瞻恩，德馨，鴻惠，隆禧，已是應有盡有，就只沒有說出聖神這兩字來，但杭州的祠建於關岳兩祠之間，國子監生陸萬齡呈請建祠於太學之側，則也就是這個意思了。

陸監生請以魏忠賢配享孔子疏云，孔子作《春秋》，廠臣作《要典》，孔子誅少正卯，廠臣誅東林黨人，禮宜並尊。此種功夫原是土八股的本色，唯其有此精神，乃能知單迎賊，舜水列舉士大夫的惡跡，而未曾根究到這裡，殆只知症候而未明其病根也。

十幾年前我曾寫過一篇《閉戶讀書論》，其中有云，我始終相信二十四史是一部好書，他很誠懇地告訴我們過去曾如此，現在是如此，將來也是如此。這話未免太陰沉一點了吧，我願意改過來附和巴古寧的舊話，說歷史的用處是在警告我們不要再如此。

明朝甲申之變至少也該給我們一個大的教訓。民不聊生，為盜為亂，又受外誘，全體崩潰，是其一。士人墮落，唯知做官，無惡不作，民不聊生，是其二。這兩件事斷送了明朝，至今已是三百年，引起現在人的追悼，繼以嗟歎，末了卻須得讓我們來希望，如巴古寧所說，以後再沒有這些毛病了。《阿房宮賦》云，秦人不暇自哀而後人哀之，後人哀之而不鑒之，亦使後人而復哀後人也。這兩句話已經成為老生常談，卻是很有意義的，引來作結，倒也適宜。論史事亦殊危險，容易近於八股，故即此為止，不復多贅。

中華民國三十三年二月十八日，北京。

第三分　荒野拾情

遇狼的故事

從前看郝懿行的《曬書堂筆錄》，很是喜歡，特別是其中的《模糊》一篇，曾經寫過文章介紹，後來有日本友人看見，也引起興趣來，特地買了《曬書堂全集》去讀，說想把郝君的隨筆小文抄譯百十則出版，可是現在沒有消息，或者出版未能許可也不可知。

模糊普通寫作馬虎，有辦事敷衍之意，不算是好話，但郝君所說的是對於人家不甚計較，我覺得也是省事之一法，頗表示贊成，雖然實行不易，不能像郝君的那麼道地。大抵這只有三種辦法。一是法家的，這是絕不模糊。二是道家的，他是模糊到底，心裡自然是很明白的。三是儒家的，他也模糊，卻有個限度，彷彿是道家的帽，法家的鞋，可以說是中庸，也可以說是不徹底。我照例是不能徹底的人，所以至多也只能學到這個地步。

前幾天同日本的客談起，我比喻說，這裡有一堵矮牆，有人想瞧瞧牆外的景致，對我說，勞駕你肩上讓我站一下，我諒解他的欲望，假如脫下皮鞋的話，讓他一站也無什麼不可以的。但是，若連鞋要踏到頭頂上去，那可是受不了，只得蒙御免了。

不過這樣做並不怎麼容易，至少也總比兩極端的做法為難，因為這裡需要一個限度的酌量，而其前後又恰是那兩極端的一部分，結果是自討麻煩，不及徹底者的簡單乾淨。而且，定限度尚易，守限度更難。你希望人家守限制，必須相信性善說才行，這在儒家自然是不成問題，但在對方未必如此，凡是想站到別人肩上去看牆外，自以為比牆還高了的，豈能尊重你中庸的限度，不再想踏上頭頂去呢。那時你再發極，把他硬拉下去，結局還是弄到打架。仔細想起來，到底是失敗，儒家可為而不可為，蓋如此也。

不佞有志想學儒家，只是無師自通，學的更難像樣，這種失敗自然不能免了。多少年前有過一位青年，心想研究什麼一種學問，那時曾經給予好些幫助，還有些西文書，現在如放在東安市場，也可以得點善價了。不久他忽然左傾了，還要勸我附和他的文學論，這個我是始終不懂，只好敬謝不敏，他卻尋上門來鬧，有一回把外面南窗的玻璃打碎，那時孫伏園正寄住在那裡，嚇得他一大跳。

這位英雄在和平的時代曾記錄過民間故事，題曰「大黑狼」，所以亡友餅齋後來嘲笑我說，你這回被大黑狼咬了吧。他的意思是說活該，這個我自己也不能否認，不過這大黑狼實在乃是他的學生，我被咬得有點兒冤枉，雖然引狼入室自然也是我的責任。去年冬天偶然做了幾首打油詩，其一云：

山居亦自多佳趣，山色蒼茫山月高，

掩卷閉門無一事，支頤獨坐聽狼嗥。

餅齋先生去世於今已是五年了，說起來不勝感歎。可是別的朋友，好意的關懷我，卻是不免有點神經過敏的列位，遠道寄信來問，你又被什麼狼咬了麼？我聽了覺得也可感也好笑，心裡想年紀這樣一年年長上去了，還給人那麼東咬西咬，還了得麼。

我只得老老實實的回答說道，請放心，這不是狼，實在只是狗罷了。

本來詩無達詁，要那麼解釋也並無什麼不可，但事實上我是住在城裡，不比山中，那裡會有狼來。寒齋的南邊有一塊舊陸軍大學的馬號，現在改為華北交通公司的警犬訓練所，關著許多狗，由外國人訓練著。這狗成天的嗥叫，弄得近地的人寢食不安，後來卻也漸漸習慣，不大覺得了，有時候還須提起耳朵靜聽，才能辨別他們是不是叫著。

這能否成為詩料，都不成問題，反正是打油詩，何必多所拘泥，可是不巧狗字平仄不調，所以換上一個狼字，也原是狗的一黨，可以對付過去了。不料因此又引起朋友們的掛念，真是抱歉得很，所以現在忙中偷閒來說明一下子。

說到遇狼，我倒是有過經驗的，雖然實際未曾被咬。這還是四十年前在江南水師學堂做學生的時候的事，《雨天的書》裡《懷舊之二》，根據汪仲賢先生所說，學校後邊山上有狼，據牆上警告行人的字帖，曾經白晝傷人，說到自己的遇狼的經驗，大意云：

「仲賢先生的回憶中的那山上的一隻大狼，正同老更夫一樣，他也是我的老相識。我們在校時每到晚飯後常往後山上去遊玩，但是因為山坳裡的農家有許多狗，時以惡聲相向，所以我們習慣都拿一枝棒出去。一天的傍晚，我同友人盧君出了學堂，向著半山的一座古廟走去，這是同學常來借了房間叉麻將的地方。

「我們沿著小路前進，兩旁都生長著稻麥之類，有三四尺高。走到一處十字路口，我們看見左手橫路旁伏著一隻大狗，照例揮起我們的棒，他便竄入麥田裡不見了。我們走了一程，到了第二個十字路口，卻又見這隻狗從麥叢中露出半個身子，隨即竄向前面的田裡去了。我們覺得他的行徑有點古怪，又看見他的尾巴似乎異常，才想到他或者不是尋常的狗，於是便把這天的散步中止了。後來同學中也還有人遇見過他，因為手裡有棒，大抵是他先回避了。原來過了多年之後他還在那裡，而且居然傷人起來了。不知道現今還健在否，很想得到機會去南京打聽一聲。」

以上還是民國前的話，自從南京建都以後，這情形自當大不相同了。依據我們自己的經驗，山野的狼是並不怎麼可怕的。最可怕的或者是狼而能說人話的，有如中山狼故事裡的那一隻狼。

小時候看見木版書的插圖，畫著一隻乾瘦的狼，對著土地似的老翁說人一般的話，至今想起還是毛骨悚然。此外則有西洋傳說裡的人狼，古英文所謂衛勒伍耳夫者是也，也正是中國的變鬼人一類的東西。我有一大冊西文書，是專講人狼的，與講殭屍的一冊正是一對，真是很難得的好書，可是看起來很可怕，所以雖然我很珍重，卻至今還不曾細閱，豈真恐怕嚇破苦膽乎，想起來亦自覺得好笑人也。

民國甲申驚蟄節，在北京。

【附記一】

這篇文章寫好之後，隨即收到東京書店代譯者寄來的一冊書，名為「模糊集」，就是上文所說郝氏隨筆的選本，譯者的勞力至可感佩，特補加說明於此。

【附記二】

民國十四年秋間寫過一篇雜感，有這一節云：

「今日在抽屜底裡找出祖父在己亥年所寫的一冊遺訓，名曰「恒訓」，見第一章中有這樣一則：

少年看戲三日夜，歸倦甚。我父斥曰，汝有用精神為下賤戲子所耗，何昏愚至此。自後逢歌戲筵席，輒憶前訓，即托故速歸。

我讀了不禁覺得慚愧，好像是警告我不要多去和人糾纏似的。無論是同正人君子或學者文士相打，都沒有什麼意思，都是白費精神，與看戲三日夜是同樣的昏愚。」

其時正和甲寅派的夥計們打架，寫了不少的文章，雖然後來覺悟停止，卻也已白費了好些精神與時間。所寫的文章曾編有目錄，題曰《真談虎集》，可是這些資料早已送入字紙簍裡去，現今連目錄也散逸不存了。此次又復談起狼來，陸續寫了數千言，近來想要編集，這種文章照例是不適用，未免又是唐喪時日，想起上邊的雜感，覺得有重行警戒之必要。這一篇《遇狼的故事》尚可用，因編入以存紀念。

三十三年六月三十日記。

過去的生命

兩個掃雪的人

陰沉沉的天氣，
香粉一般的白雪，下的漫天遍地。
天安門外，白茫茫的馬路上，
全沒有車馬蹤跡，
只有兩個人在那裡掃雪。
一面盡掃，一面盡下，
掃淨了東邊，又下滿了西邊，

掃開了高地，又填平了坳地。
粗麻布的外套上已經積了一層雪，
他們兩人還只是掃個不歇。
雪愈下愈大了，
上下左右都是滾滾的香粉一般的白雪。
在這中間，好像白浪中漂著兩個螞蟻，
他們兩人還只是掃個不歇。
祝福你掃雪的人！
我從清早起，在雪地裡行走，不得不謝謝你。

一九一九年一月十三日在北京

小河

一條小河，穩穩的向前流動。
經過的地方，兩面全是烏黑的土，

生滿了紅的花，碧綠的葉，黃的果實。
一個農夫背了鋤來，在小河中間築起一道堰。下流乾了，上流的水被堰攔著，下來不得，不得前進，又不能退回，水只在堰前亂轉。
水要保他的生命，總須流動，便只在堰前亂轉。
堰下的土，逐漸淘去，成了深潭。
水也不怨這堰，——便只是想流動，
想同從前一般，穩穩的向前流動。
一日農夫又來，土堰外築起一道石堰。
土堰坍了，水沖著堅固的石堰，還只是亂轉。
堰外田裡的稻，聽著水聲，皺眉說道，——
「我是一株稻，是一株可憐的小草，
我喜歡水來潤澤我，
卻怕他在我身上流過。
小河的水是我的好朋友，
他曾經穩穩的流過我面前，

我對他點頭，他向我微笑。
我願他能夠放出了石堰，
仍然穩穩的流著，
向我們微笑，
曲曲折折的儘量向前流著，
經過的兩面地方，都變成一片錦繡。
他本是我的好朋友，
只怕他如今不認識我了，
他在地底裡呻吟，
聽去雖然微細，卻又如何可怕！
這不像我朋友平時的聲音，
被輕風攙著走上沙灘來時，
快活的聲音。
我只怕他這回出來的時候，
不認識從前的朋友了，——

便在我身上大踏步過去。
我所以正在這裡憂慮。」
田邊的桑樹，也搖頭說，——
「我生的高，能望見那小河，——
他是我的好朋友，
他送清水給我喝，
使我能生肥綠的葉，紫紅的桑葚。
他從前清澈的顏色，
現在變了青黑，
又是終年掙扎，臉上添出許多痙攣的皺紋。
他只向下鑽，早沒有工夫對了我點頭微笑。
堰下的潭，深過了我的根了。
我生在小河旁邊，
夏天曬不枯我的枝條，
冬天凍不壞我的根。

如今只怕我的好朋友，
將我帶倒在沙灘上，
拌著他捲來的水草。
我可憐我的好朋友，
但實在也為我自己著急。」
田裡的草和蛤蟆，聽了兩個的話，
也都歎氣，各有他們自己的心事。
水只在堰前亂轉，
堅固的石堰，還是一毫不搖動。
築堰的人，不知到那裡去了。

一月二十四日

背槍的人

早起出門，走過西珠市，
行人稀少，店鋪多還關閉，
只有一個背槍的人，
站在大馬路裡。
我本願人「賣劍買牛賣刀買犢」，
怕見惡狠狠的兵器。
但他長站在守望面前，
指點道路，維持秩序，
只做大家公共的事，
那背槍的人，
也是我們的朋友，我們的兄弟。

三月七日

畫家

可惜我並非畫家，
不能將一枝毛筆，
寫出許多情景。——
兩個赤腳的小兒，
立在溪邊灘上，
打架完了，
還同築爛泥的小堰。
車外整天的秋雨，
靠窗望見許多圓笠，——
男的女的都在水田裡，
趕忙著分種碧綠的稻秧。
小胡同口
放著一副菜擔，——

滿擔是青的紅的蘿蔔，
白的菜，紫的茄子，
賣菜的人立著慢慢的叫賣。
初寒的早晨，
馬路旁邊，靠著溝口，
一個黃衣服蓬頭的人，
坐著睡覺，——
屈了身子，幾乎疊作兩折。
看他背後的曲線，
歷歷的顯出生活的困倦。
這種種平凡的真實印象，
永久鮮明的留在心上，
可惜我並非畫家，
不能用這枝毛筆，
將他明白寫出。

九月二十一日

愛與憎

師只教我愛，不教我憎，
但我雖然不全憎，也不能盡愛。
愛了可憎的，豈不薄待了可愛的？
農夫田裡的害蟲，應當怎麼處？
薔薇上的青蟲，看了很可憎，
但他換上美麗的衣服，翩翩的飛去。
稻苗上的飛蝗，被著可愛的綠衣，
他卻只吃稻苗的新葉。
我們愛薔薇，也能愛蝴蝶。
為了稻苗，我們卻將怎麼處？

十月一日

荊棘

我們間壁有一個小孩，
他天天只是啼哭。
他要在果園的周圍，
添種許多有刺的荊棘。
間壁的老頭子發了惱，
折下一捆荊棘的枝條，
小孩的衣服掉在地上，
荊條落在他的背上。
他的背上著了荊條，
他嘴裡還只是啼哭，
他要在果園的周圍，
添種許多有刺的荊棘。

一九二〇年二月七日

所見

三座門的底下，
兩個人並排著慢慢地走來。
一樣的憔悴的顏色，
一樣的戴著帽子，
一樣的穿著袍子，
只是兩邊的袖子底下，
拖下一根青麻的索子。
我知道一個人是拴在腕上，
一個人是拿在手裡，
但我看不出誰是誰來。
皇城根的河邊，
幾個破衣的小孩們，
聚在一處遊戲。

「馬來，馬來！」
騎馬的跨在他同伴的背上了。
等到月亮上來的時候，
他們將柳條的馬鞭拋在地上，
大家說一聲再會，
笑嘻嘻的走散了。

一九二〇年十月二十日

兒歌

小孩兒，你為什麼哭？
你要泥人兒麼？
你要布老虎麼？
也不要泥人兒，
也不要布老虎。

對面楊柳樹上的三隻黑老鴰，
哇兒哇兒的飛去了。

慈姑的盆

綠盆裡種下幾顆慈姑，
長出青青的小葉。
秋寒來了，葉都枯了，
只剩了一盆的水。
清冷的水裡，蕩漾著兩三根，
飄帶似的暗綠的水草。
時常有可愛的黃雀，
在落日裡飛來，
蘸水悄悄地洗澡。

十月二十一日

秋風

一夜的秋風，
吹下了許多樹葉，
紅的爬山虎，
黃的楊柳葉，
都落在地上了。
只有槐樹的豆子，
還是疏朗朗的掛著。
幾棵新栽的菊花，
獨自開著各種的花朵。
也不知道他的名字，
只稱他是白的菊花，黃的菊花。

十一月四日

夢想者的悲哀

——讀倍貝爾的《婦人論》而作

「我的夢太多了。」
外面敲門的聲音，
恰將我從夢中叫醒了。
你這冷酷的聲音，
叫我去黑夜裡遊行麼？
啊，曙光在那裡呢？
我的力真太小了，
我怕要在黑夜裡發了狂呢！
穿入室內的寒風，
不要吹動我的火罷。
燈火吹熄了，

心裡的微焰卻終是不滅，——
只怕在風裡發火，
要將我的心燒盡了。
阿，我心裡的微焰，
我怎能長保你的安靜呢？

一九二一年三月二日病後

過去的生命

這過去的我的三個月的生命，那裡去了？
沒有了，永遠的走過去了！
我親自聽見他沉沉的緩緩的一步一步的，
在我床頭走過去了。
我坐起來，拿了一枝筆，在紙上亂點，
想將他按在紙上，留下一些痕跡，——

但是一行也不能寫，
一行也不能寫。
我仍是睡在床上，
親自聽見他沉沉的他緩緩的，一步一步的，
在我床頭走過去了。

四月四日在病院中

中國人的悲哀

中國人的悲哀呵，
我說的是做中國人的悲哀呵。
也不是因為外國人欺侮了我，
也不是因為本國人迫壓了我：
他並不指著姓名要打我，
也並不喊著姓名來罵我。

他只是向我對面走來，
嘴裡哼著些什麼曲調，一直過去了。
我睡在家裡的時候，
他又在牆外的他的院子裡，
放起雙響的爆竹來了。

四月六日

歧路

荒野上許多足跡，
指示著前人走過的道路，
有向東的，有向西的，
也有一直向南去的。
這許多道路究竟到一同的去處麼？
我相信是這樣的。

而我不能決定向那一條路去，
只是睜了眼望著，站在歧路的中間。
我愛耶穌，
但我也愛摩西。
耶穌說，「有人打你右臉，連左臉也轉過來由他打！」
摩西說，「以眼還眼，以牙還牙！」
吾師乎，吾師乎！
你們的言語怎樣的確實啊！
我如果有力量，我必然跟耶穌背十字架去了。
我如果有較小的力量，我也跟摩西做士師去了。
但是懦弱的人，
你能做什麼事呢？

四月十六日

蒼蠅

我們說愛，
愛一切眾生，
但是我——卻覺得不能全愛。
我能愛狼和大蛇，
能愛在山林裡的豬。
我不能愛那蒼蠅。
我憎惡他們，我詛咒他們。
大小一切的蒼蠅們，
美和生命的破壞者，
中國人的好朋友的蒼蠅們啊！
我詛咒你的全滅，
用了人力以外的，

最黑最黑的魔術的力。

四月十八日

小孩

一個小孩在我的窗外面跑過，
我也望不見他的頭頂。
他的腳步聲雖然響，
但於我還很寂靜。
東邊一株大樹上，
住著許多烏鴉，又有許多看不見的麻雀，
他們每天成群的叫，
彷彿是朝陽中的一部音樂。
我在這些時候，
心裡便安靜了，

反覺得以前的憎惡，
都是我的罪過了。

四月二十日

小孩

一

我看見小孩，
每引起我的貪欲，
想要做富翁了。
我看見小孩，
又每引起我的嗔恚，
令我嚮往種種主義的人了。
我看見小孩，
又每引起我的悲哀，

灑了我多少心裡的眼淚。
啊，你們可愛的不幸者，
不能得到應得的幸福的小人們！
我感謝種種主義的人的好意，
但我也同時體會得富翁的哀愁的心了。

二

荊棘叢裡有許多小花，
長著憔悴嫩黃的葉片。
將他移在盆裡端去培植麼？
拿鋤頭來將荊棘掘去了麼？
啊，啊，
倘使我有花盆呵！
倘使我有鋤頭呵！

五月四日

山居雜詩

一

一叢繁茂的藤蘿，
綠沉沉的壓在彎曲的老樹枯株上，
又伸著兩三枝粗藤，
大蛇一股的纏到柏樹上去，
在古老深碧的細碎的柏葉中間，
長出許多新綠的大葉來了。

二

六株盆栽的石榴，
圍繞著一大缸的玉簪花，
開著許多火焰似的花朵。
澆花的和尚被捉去了，

花還是火焰似的開著。

三

我不認識核桃，
錯看他作梅子，
賣汽水的少年，
又說他是白果。
白果也罷，梅子也罷，
每天早晨去看他，
見他一天一天的肥大起來，
總是一樣的喜悅。

六月十日在西山

四

不知什麼形色的小蟲，

在槐樹枝上吱吱的叫著。
聽了這迫切尖細的蟲聲，
引起我一種彷彿枯焦氣味的感覺。
我雖然不能懂得他歌裡的意思，
但我知道他正唱著迫切的戀之歌，
這卻也便是他的迫切的死之歌了。

六月十七日晚

五

一片槐樹的碧綠的葉，
現出一切的世界的神秘，
空中飛過的一個白翅膀的百蛉子，
又牽動了我的驚異。
我彷彿會悟了這神秘的奧義，
卻又實在未曾了知。

但我已經很是滿足，
因為我得見了這個神秘了。
六月二十一日

六

後窗上糊了綠的冷布，
在窗口放著兩盆紫花的松葉菊。
窗外來了一個大的黃蜂，
嗡嗡的飛鳴了好久，
卻又惘然的去了。
阿，我真做了怎樣殘酷的事呵！
六月二十二日

七

「蒼蠅紙」上吱吱的聲響，

是振羽的機械的發音麼？
是訴苦的恐怖的叫聲麼？
「蟲呵，蟲呵！難道你叫著，業便會盡了麼？」
我還不如將你兩個翅子都黏上了罷。

二十五日

對於小孩的祈禱

小孩呵，小孩呵，
我對你們祈禱了。
你們是我的贖罪者。
請贖我的罪罷，
還有我所未能贖的先人的罪，
用了你們的笑，
你們的喜悅與幸福，

用了得能成為真正的人的矜誇。
在你們的前面，有一個美的花園。
從我的上頭跳過了，
平安的往那邊去罷。
而且請贖我的罪罷，啊
我不能夠到那邊去了，
並且連那微茫的影子也容易望不見了的罪。

八月二十八日在西山作

小孩

一

我初次看見小孩了。
我看見人家的小孩，覺得他可愛，
因為他們有我的小孩的美，

有我的小孩的柔弱與狡獪。
我初次看見小孩了，
看見了他們的笑和哭，
看見了他們的服裝與玩具。

二

我真是偏私的人呵。
我為了自己的兒女才愛小孩，
為了自己的妻才愛女人，
為了自己才愛人。
但是我覺得沒有別的道路了。

一九二二年一月十八日

她們

我有過三個戀人，
雖然她們都不知道。
她們無意地卻給了我許多：
有的教我愛戀，
有的教我妒忌，
我都感謝她們，
謝她給我這苦甜的杯。
她未嫁而死，
她既嫁而死，
她不知流落在什麼地方，
我無心去再找她了。
養活在我的心窩裡，
三個戀人的她卻還是健在。

她的照相在母親那裡，
我不敢去要了來看。
她倆的面龐都忘記了，
只留下一個朦朧的姿態，
但是這朦朧的卻最牽引我的情思。
我愈是記不清了，
我也就愈不能忘記她了。

高樓

那高樓上的半年，
她給我的多少煩惱。
只如無心的春風，
吹過一棵青青的小草，
她飄然的過去了，

卻吹開了我的花朵。
我不怨她的無情，——
長懷抱著她那神秘的癡笑。

飲酒

你有酒麼？
你有松香一般的黏酒，
有橄欖油似的軟酒麼？
我渴的幾乎噁心，
渴的將要瞌睡了，
我總是口渴：
喝的只有那無味的涼水。
你有酒麼？
你有戀愛的鮮紅的酒，

有憎惡的墨黑的酒麼？
那是上好的酒。
只怕是——我的心老了鈍了，
喝著上好的酒，
也只如喝那無味的白水。

一九二三年三月十二日

花

我愛這百合花，
她的香氣薰的使人醉了，
我願兩手捧住了她，
便在這裡睡了。
我愛這薔薇花，
愛她那釅酒似的滋味，

我便埋頭在她中間，
讓我就此死罷。

十月二十六日，仿某調，學作情詩，在北京中一區。

晝夢

我是怯弱的人，常感到人間的悲哀與驚恐。

嚴寒的早晨，在小胡同裡走著，遇見一個十四五歲的小姑娘，充血的臉龐隱過了自然的紅暈，黑眼睛裡還留著處女的光輝，但是正如冰裡的花片，過於清寒了，——這悲哀的景象已經幾乎近於神聖了。

胡同口外站著候座的車夫，粗麻布似的手巾從頭上包到下頷，灰塵的臉的中間，兩隻眼現出不測的深淵，仿佛又是冷灰底下的炭火，看不見地逼人，我的心似乎炙的寒顫了。

我曾試我的力量，卻還不能把院子裡的麻連根拔起。

我在山上叫喊，卻只有返響回來，告訴我的聲音的可痛地微弱。

我住何處去祈求呢？只有未知之人與未知之神了。
要去信託未知之人與未知之神，我的信心卻又太薄弱一點了。

一九二三，一月三日

尋路的人

贈徐玉諾君

我是尋路的人。我日日走著路尋路，終於還未知道這路的方向。

現在才知道了，在悲哀中掙扎著正是自然之路，這是與一切生物共同的路，不過我們單獨意識著罷了。

路的終點是死。我們便掙扎著往那裡去，也便是到那裡以前不得不掙扎著。

我曾在西四牌樓看見一輛汽車載了一個強盜往天橋去處決，我心裡想，這太殘酷了，為什麼不照例用敞車送的呢？為什麼不使他緩緩的看沿路的景色，聽人家的談論，走過應走的路程，再到應到的地點，卻一陣風的把他送走了呢？這真是太殘酷了。

我們誰不是坐在敞車上走著呢？有的以為是往天國去，正在歌笑；有的以為是下地獄去，正在悲哭；有的醉了，睡了。我卻只想緩緩的走著，看沿路的景色，聽人家的談論，儘量的享受這些應得的苦和樂，至於路線如何，或是由西四牌樓往南，或是由東單牌樓往北，那有什麼關係？

玉諾是於悲哀深有閱歷的，這一回他的村寨被土匪攻破，只有他的父親在外邊，此外的人都還沒有消息。他說，他現在沒有淚了。——你也已經尋到了你的路了罷。

他的似乎微笑的臉，最令我記憶，這真是永遠的旅人的顏色。我們應當是最大的樂天家，因為再沒有什麼悲觀和失望了。

一九二三年七月三十日

西山小品

一 一個鄉民的死

我住著的房屋後面，廣闊的院子中間，有一座羅漢堂。他的左邊略低的地方是寺裡的廚房，因為此外還有好幾個別的廚房，所以特別稱他作大廚房。從這裡穿過，出了板門，便可以走出山上。

淺的溪坑底裡的一點泉水，沿著寺流下來，經過板門的前面。溪上架著一座板橋。橋邊有兩三棵大樹，成了涼棚，便是正午也很涼快，馬夫和鄉民們常常坐在這樹下的石頭上，談天休息著。我也朝晚常去散步。

適值小學校的暑假，豐一到山裡來，住了兩禮拜，我們大抵同去，到溪坑底裡去撿圓的小石頭，或者立在橋上，看著溪水的流動。馬夫的許多驢馬中間，也有帶著小驢的母驢，豐一最愛去看那小小的可愛而且又有點呆相的很長的臉。

大廚房裡一總有多少人，我不甚了然。只是從那裡出入的時候，在有一匹馬轉磨的房間的一角裡，坐在大木箱的旁邊，用腳踏著一枝棒，使箱內撲撲作響的一個男人，卻常常見到。

豐一教我道，那是寺裡養那兩匹馬的人，現在是在那裡把馬所磨的麥的皮和粉分做兩處呢。他大約時常獨自去看寺裡的馬，所以和那男人很熟習，有時候還叫他，問他各種的小孩子氣的話。

這是舊曆的中元那一天。給我做飯的人走來對我這樣說，大廚房裡有一個病人很沉重了。一個月以前還沒有什麼，時時看見他出去買東西。舊曆六月底說有點不好，到十多里外的青龍橋地方，找中醫去看病。但是沒有效驗，這兩三天倒在床上，已經起不來了。今天在寺裡作工的木匠把舊板拼合起來，給他做棺材。這病好像是肺病。在他床邊的一座現已不用了的舊灶裡，吐了許多的痰，滿灶都是蒼蠅。他說了又勸告我，往山上去須得走過那間房的旁邊，所以現在不如暫時不去的好。

我聽了略有點不舒服。便到大殿前面去散步，覺得並沒有想上山去的意思，至今也還沒有去過。

這天晚上寺裡有焰口施食。方丈和別的兩個和尚念咒，方丈的徒弟敲鼓。我也想去一看，但又覺得麻煩，終於中止了，早早的上床睡了。半夜裡忽然醒過來，聽見什麼地方有鐃鈸的聲音，心裡想道，現在正是送鬼，那麼施食也將完了罷，以後隨即睡著了。

早飯吃了之後，做飯的人又來通知，那個人終於在清早死掉了。他又附加一句道，「他好像是等著棺材的做成呢。」

怎樣的一個人呢？或者我曾經見過也未可知，但是現在不能知道了。

他是個獨身，似乎沒有什麼親戚。由寺裡給他收拾了，便在上午在山門外馬路旁的田裡葬了完事。

在各種的店裡，留下了好些的欠帳。麵店裡便有一元餘，油醬店一處大約將近四元。店裡的人聽見他死了，立刻從帳簿上把這一頁撕下燒了，而且又拿了紙錢來，燒給死人。

木匠的頭兒買了五角錢的紙錢燒了。住在山門外低的小屋裡的老婆子們，也有拿了一點點的紙錢來吊他的。我聽了這活，像平常一樣的，說這是迷信，笑著將他抹殺的勇氣，也沒有了。

一九二一年八月三十日作

二　賣汽水的人

我的間壁有一個賣汽水的人。在般若堂院子裡左邊的一角，有兩間房屋，一間作為我的廚房，裡邊的一間便是那賣汽水的人住著。

一到夏天，來遊西山的人很多，汽水也生意很好。從汽水廠用一塊錢一打去販來，很貴的賣給客人。倘若有點認識，或是善於還價的人，一瓶兩角錢也就夠了，否則要賣三四角不等。禮拜日遊客多的時候，可以賣到十五六元，一天裡差不多有十元的利益。

這個賣汽水的掌櫃本來是一個開著煤鋪的泥水匠，有一天到寺裡來作工，忽然想到在這裡來賣汽水，生意一定不錯，於是開張起來。自己因為店務及工作很忙碌，所以用了一個夥計替他看守，他不過偶然過來巡閱一回罷了。夥計本是沒有工錢的，火食和必要的零用，由掌櫃供給。

我到此地來了以後，夥計也換了好幾個了，近來在這裡的是一個姓秦的二十歲上下的少年，體格很好，微黑的圓臉，略略覺得有點狡獪，但也有天真爛漫的地方。

賣汽水的地方是在塔下，普通稱作塔院。寺的後邊的廣場當中，築起一座幾十丈高的方台，上面又豎著五枝石塔，所謂塔院便是這高臺的上邊。從我的住房到塔院底下，也須走過五六十級的臺階，但是分作四五段，所以還可以上去，至於塔院的臺階總有二百多級，而且很峻急，看了也要目眩，心想這一定是不行罷，沒有一回想到要上去過。塔院下面有許多大樹，很是涼快，時常同了豐一，到那裡看石碑，隨便散步。

有一天，正在碑亭外走著，秦也從底下上來了。一隻長圓形的柳條籃套在左腕上，右手拿著一串連著枝葉的櫻桃似的果實。見了豐一，他突然伸出那隻手，大聲說道，「這個送你。」

豐一跳著走去，也大聲問道：

「這是什麼？」

「郁李。」

「那裡拿來的？」

「你不用管。你拿去好了。」他說著，在狡獪似的臉上現出親和的微笑，將果實交給豐一了。他嘴裡動著，好像正吃著這果實。我們揀了一顆紅的吃了，有李子的氣味，卻是很酸。豐一還想問他什麼話，秦已經跳到臺階底下，說著「一二三」，便兩三級當作一步，走了上去，不久就進了塔院第一個的石的穹門，隨即不見了。

這已經是半月以前的事情了。豐一因為學校將要開始，也回到家裡去了。

昨天的上午，掌櫃的侄子飄然的來了。他突然對秦說，要收店了，叫他明天早上回去。這事情太鶻突，大家都覺得奇怪，後來仔細一打聽，才知道因為掌櫃知道了秦的作弊，派他的侄子來查辦的。三四角錢賣掉的汽水，都登了兩角的賬，餘下的都沒收了存放在一個和尚那裡，這件事情不知道有誰用了電話告訴了掌櫃了。侄子來了之後，不知道又在那裡打聽了許多話，說秦買怎樣的好東西吃，半個月裡吸了幾盒的香煙，於是證據確鑿，終於決定把他趕走了。

秦自然不願意出去，非常的頹唐，說了許多辯解，但是沒有效。到了今天早上，平常起的很早的秦還是睡著，侄子把他叫醒，他說是頭痛，不肯起來。然而這也是無益的了，不到三十分鐘的工夫，秦悄然的出了般若堂去了。

我正在有那大的黑銅的彌勒菩薩坐著的門外散步。秦從我的前面走過，肩上搭著被囊，一邊的手裡提了盛著一點點的日用品的那一隻柳條籃。從對面來的一個寺裡的佃戶見了他問道，

「那裡去呢？」

「回北京去！」他用了高興的聲音回答，故意的想隱藏過他的憂鬱的心情。

我覺得非常的寂寥。那時在塔院下所見的浮著親和的微笑的狡獪似的面貌，不覺又清清楚楚的再現在我的心眼的前面了。我立住了，暫時望著他彳亍的走下那長的石階去的寂寞的後影。

八月三十日在西山碧雲寺

這兩篇小品是今年秋天在西山時所作，寄給幾個日本的朋友所辦的雜誌《生長的星之群》，登在一卷九號上，現在又譯成中國語，發表一回。雖然是我自己的著作，但是此刻重寫，實在只是譯的氣氛，不是作的氣氛。中間

隔了一段時光，本人的心情已經前後不同，再也不能喚回那時的情調了。所以我一句一句的寫，只是從別一張紙上謄錄過來，並不是從心中沸湧而出，而且選字造句等等翻譯上的困難也一樣的圍困著我。這一層雖然不能當作文章拙劣的辯解，或者卻可以當作他的說明。

一九二二年十二月十五日附記。

周作人作品精選 8

苦口甘口【經典新版】

作者：周作人
發行人：陳曉林
出版所：風雲時代出版股份有限公司
地址：10576台北市民生東路五段178號7樓之3
電話：(02) 2756-0949
傳真：(02) 2765-3799
執行主編：朱墨菲
美術設計：吳宗潔
行銷企劃：林安莉
業務總監：張瑋鳳

初版日期：2020年11月
ISBN：978-986-352-891-3

風雲書網：http://www.eastbooks.com.tw
官方部落格：http://eastbooks.pixnet.net/blog
Facebook：http://www.facebook.com/h7560949
E-mail：h7560949@ms15.hinet.net
劃撥帳號：12043291
戶名：風雲時代出版股份有限公司

風雲發行所：33373桃園市龜山區公西村2鄰復興街304巷96號
電話：(03) 318-1378
傳真：(03) 318-1378
法律顧問：永然法律事務所 李永然律師
北辰著作權事務所 蕭雄淋律師

行政院新聞局局版台業字第3595號 營利事業統一編號22759935
©2020 by Storm & Stress Publishing Co.Printed in Taiwan
◎如有缺頁或裝訂錯誤，請退回本社更換

定價：240元

版權所有 翻印必究

國家圖書館出版品預行編目資料

苦口甘口 / 周作人著. -- 初版. -- 臺北市：風雲時代,
2020.10 面； 公分. -- (周作人作品精選；8)

ISBN 978-986-352-891-3 (平裝)

855 109013075

風雲時代 風雲時代 風雲時代 風雲時代 風雲時代 風雲時代 風雲時代
時代 風雲時代 風雲時代 風雲時代 風雲時代 風雲時代 風雲時代 風雲
風雲時代 風雲時代 風雲時代 風雲時代 風雲時代 風雲時代 風雲時代
時代 風雲時代 風雲時代 風雲時代 風雲時代 風雲時代 風雲時代 風雲
風雲時代 風雲時代 風雲時代 風雲時代 風雲時代 風雲時代 風雲時代
時代 風雲時代 風雲時代 風雲時代 風雲時代 風雲時代 風雲時代 風雲
風雲時代 風雲時代 風雲時代 風雲時代 風雲時代 風雲時代 風雲時代
時代 風雲時代 風雲時代 風雲時代 風雲時代 風雲時代 風雲時代 風雲
風雲時代 風雲時代 風雲時代 風雲時代 風雲時代 風雲時代 風雲時代
時代 風雲時代 風雲時代 風雲時代 風雲時代 風雲時代 風雲時代 風雲
風雲時代 風雲時代 風雲時代 風雲時代 風雲時代 風雲時代 風雲時代
時代 風雲時代 風雲時代 風雲時代 風雲時代 風雲時代 風雲時代 風雲
風雲時代 風雲時代 風雲時代 風雲時代 風雲時代 風雲時代 風雲時代
時代 風雲時代 風雲時代 風雲時代 風雲時代 風雲時代 風雲時代 風雲
風雲時代 風雲時代 風雲時代 風雲時代 風雲時代 風雲時代 風雲時代
時代 風雲時代 風雲時代 風雲時代 風雲時代 風雲時代 風雲時代 風雲
風雲時代 風雲時代 風雲時代 風雲時代 風雲時代 風雲時代 風雲時代
時代 風雲時代 風雲時代 風雲時代 風雲時代 風雲時代 風雲時代 風雲
風雲時代 風雲時代 風雲時代 風雲時代 風雲時代 風雲時代 風雲時代
時代 風雲時代 風雲時代 風雲時代 風雲時代 風雲時代 風雲時代 風雲
風雲時代 風雲時代 風雲時代 風雲時代 風雲時代 風雲時代 風雲時代
時代 風雲時代 風雲時代 風雲時代 風雲時代 風雲時代 風雲時代 風雲
風雲時代 風雲時代 風雲時代 風雲時代 風雲時代 風雲時代 風雲時代
時代 風雲時代 風雲時代 風雲時代 風雲時代 風雲時代 風雲時代 風雲
風雲時代 風雲時代 風雲時代 風雲時代 風雲時代 風雲時代 風雲時代
時代 風雲時代 風雲時代 風雲時代 風雲時代 風雲時代 風雲時代 風雲
風雲時代 風雲時代 風雲時代 風雲時代 風雲時代 風雲時代 風雲時代
時代 風雲時代 風雲時代 風雲時代 風雲時代 風雲時代 風雲時代 風雲
風雲時代 風雲時代 風雲時代 風雲時代 風雲時代 風雲時代 風雲時代
時代 風雲時代 風雲時代 風雲時代 風雲時代 風雲時代 風雲時代 風雲
風雲時代 風雲時代 風雲時代 風雲時代 風雲時代 風雲時代 風雲時代
時代 風雲時代 風雲時代 風雲時代 風雲時代 風雲時代 風雲時代 風雲
風雲時代 風雲時代 風雲時代 風雲時代 風雲時代 風雲時代 風雲時代
時代 風雲時代 風雲時代 風雲時代 風雲時代 風雲時代 風雲時代 風雲
風雲時代 風雲時代 風雲時代 風雲時代 風雲時代 風雲時代 風雲時代
時代 風雲時代 風雲時代 風雲時代 風雲時代 風雲時代 風雲時代 風雲
風雲時代 風雲時代 風雲時代 風雲時代 風雲時代 風雲時代 風雲時代
時代 風雲時代 風雲時代 風雲時代 風雲時代 風雲時代 風雲時代 風雲
風雲時代 風雲時代 風雲時代 風雲時代 風雲時代 風雲時代 風雲時代
時代 風雲時代 風雲時代 風雲時代 風雲時代 風雲時代 風雲時代 風雲
風雲時代 風雲時代 風雲時代 風雲時代 風雲時代 風雲時代 風雲時代
時代 風雲時代 風雲時代 風雲時代 風雲時代 風雲時代 風雲時代 風雲
風雲時代 風雲時代 風雲時代 風雲時代 風雲時代 風雲時代 風雲時代

風雲時代 風雲時代 風雲時代 風雲時代 風雲時代 風雲時代 風雲時
雲時代 風雲時代 風雲時代 風雲時代 風雲時代 風雲時代 風雲時代
風雲時代 風雲時代 風雲時代 風雲時代 風雲時代 風雲時代 風雲時
雲時代 風雲時代 風雲時代 風雲時代 風雲時代 風雲時代 風雲時代
風雲時代 風雲時代 風雲時代 風雲時代 風雲時代 風雲時代 風雲時
雲時代 風雲時代 風雲時代 風雲時代 風雲時代 風雲時代 風雲時代
風雲時代 風雲時代 風雲時代 風雲時代 風雲時代 風雲時代 風雲時
雲時代 風雲時代 風雲時代 風雲時代 風雲時代 風雲時代 風雲時代
風雲時代 風雲時代 風雲時代 風雲時代 風雲時代 風雲時代 風雲時
雲時代 風雲時代 風雲時代 風雲時代 風雲時代 風雲時代 風雲時代
風雲時代 風雲時代 風雲時代 風雲時代 風雲時代 風雲時代 風雲時
雲時代 風雲時代 風雲時代 風雲時代 風雲時代 風雲時代 風雲時代
風雲時代 風雲時代 風雲時代 風雲時代 風雲時代 風雲時代 風雲時
雲時代 風雲時代 風雲時代 風雲時代 風雲時代 風雲時代 風雲時代
風雲時代 風雲時代 風雲時代 風雲時代 風雲時代 風雲時代 風雲時
雲時代 風雲時代 風雲時代 風雲時代 風雲時代 風雲時代 風雲時代
風雲時代 風雲時代 風雲時代 風雲時代 風雲時代 風雲時代 風雲時
雲時代 風雲時代 風雲時代 風雲時代 風雲時代 風雲時代 風雲時代
風雲時代 風雲時代 風雲時代 風雲時代 風雲時代 風雲時代 風雲時
雲時代 風雲時代 風雲時代 風雲時代 風雲時代 風雲時代 風雲時代
風雲時代 風雲時代 風雲時代 風雲時代 風雲時代 風雲時代 風雲時
雲時代 風雲時代 風雲時代 風雲時代 風雲時代 風雲時代 風雲時代
風雲時代 風雲時代 風雲時代 風雲時代 風雲時代 風雲時代 風雲時
雲時代 風雲時代 風雲時代 風雲時代 風雲時代 風雲時代 風雲時代
風雲時代 風雲時代 風雲時代 風雲時代 風雲時代 風雲時代 風雲時
雲時代 風雲時代 風雲時代 風雲時代 風雲時代 風雲時代 風雲時代
風雲時代 風雲時代 風雲時代 風雲時代 風雲時代 風雲時代 風雲時
雲時代 風雲時代 風雲時代 風雲時代 風雲時代 風雲時代 風雲時代
風雲時代 風雲時代 風雲時代 風雲時代 風雲時代 風雲時代 風雲時
雲時代 風雲時代 風雲時代 風雲時代 風雲時代 風雲時代 風雲時代
風雲時代 風雲時代 風雲時代 風雲時代 風雲時代 風雲時代 風雲時
雲時代 風雲時代 風雲時代 風雲時代 風雲時代 風雲時代 風雲時代
風雲時代 風雲時代 風雲時代 風雲時代 風雲時代 風雲時代 風雲時
雲時代 風雲時代 風雲時代 風雲時代 風雲時代 風雲時代 風雲時代
風雲時代 風雲時代 風雲時代 風雲時代 風雲時代 風雲時代 風雲時
雲時代 風雲時代 風雲時代 風雲時代 風雲時代 風雲時代 風雲時代
風雲時代 風雲時代 風雲時代 風雲時代 風雲時代 風雲時代 風雲時
雲時代 風雲時代 風雲時代 風雲時代 風雲時代 風雲時代 風雲時代
風雲時代 風雲時代 風雲時代 風雲時代 風雲時代 風雲時代 風雲時
雲時代 風雲時代 風雲時代 風雲時代 風雲時代 風雲時代 風雲時代
風雲時代 風雲時代 風雲時代 風雲時代 風雲時代 風雲時代 風雲時
雲時代 風雲時代 風雲時代 風雲時代 風雲時代 風雲時代 風雲時代
風雲時代 風雲時代 風雲時代 風雲時代 風雲時代 風雲時代 風雲時